チベット幻想奇譚

星泉＋三浦順子＋海老原志穂 編訳

春陽堂書店

まえがき

ちょっと前までの西洋の娯楽映画や小説などで描かれるチベットにはひとつのパターンがあった。世界を滅ぼしかねない悪の化身と戦う羽目に陥ったヒーローが、ヒマラヤの奥地に赴き、古代からの叡智と秘儀を脈々と受け継いできたチベット高僧たちからマジカルな秘術を授けてもらい、それによって見事、敵を打ち倒すといったものだ。十九世紀後半に活躍したオカルティスト、マダム・ブラヴァツキーが神智学協会を設立するにあたり、自らの思想の源はチベットの秘儀参入者《アデプト》にあると公言して以来、チベットは長らく西洋社会の通俗オカルトと怪奇幻想小説のネタであり続けてきた。だが、それは所詮西洋人の幻想が投影された「描かれたチベット」であり、そこにはチベット人自身の視点はない。

　ではチベット人自らが紡ぎだす怪奇と幻想の物語とはどのようなものだろう。本書はそんな疑問から編まれた短編集である。

もともとチベット人はお化け話が大好きな民族である。本書に収録した「一脚鬼カント」にも語りの巧みな老人がお化け話を披露して村人を大いに楽しませる描写がある。「村の連中は日向ぼっこが大好きだ。それにもまして好きなのがお化け話を語ることだ」。そしてその語り口たるや「登場人物の心の動きを身ぶり口ぶり豊かに表現するそのさまは、はなたれ小僧たちの心をがっちりつかんで離さず、生意気盛りの青年たちの心も奪うほど」見事なものなのである。

こうやってチベット人が先祖代々語り継いできた豊かなお化け話や摩訶不思議な物語が、小説という形式に流し込まれて、新たに語りなおされたのが、本書に収録された短篇の数々である。苛烈な時代を背景に土地神の血をひく一族の因縁譚あり、怨霊の祟りを巧みに利用してまんまと幸福を得るカップルの物語あり、仏教説話の流れをくむ地獄譚の最新バージョンあり、アルコール中毒患者の妄想世界ありと、現実と幻想のあわいを行く多彩な怪奇幻想譚をお楽しみいただけるはずだ。

人は幻想小説を読むことで、異界を垣間見るというひそやかな愉しみを得る。でもこの『チベット幻想奇譚』のなかで描かれる異界の多くは、現実世界から乖離したものでなく、チベット文化の地層の奥深いところに、日常生活の片隅にごくあたりまえに存在するものであり、日本人にとってもどこか懐かしく、なじみ深ささえ感じられるに違いない。
チベット人が小説という形式で自らを表現することを始めたのは一九八〇年代以降のことである。「描かれたチベット」から自らが描きだすチベットへ。その豊穣な世界を是非楽しんでいただきたい。

三浦順子

目次

まえがき　三浦順子　1

I　まぼろしを見る

人殺し　ツェリン・ノルブ　9
カタカタカタ　ツェラン・トンドゥプ　29
三代の夢　タクブンジャ　37
赤髪の怨霊　リクデン・ジャンツォ　67
I　まぼろしを見る　解説　海老原志穂　78

II　異界／境界を越える

屍鬼物語・銃　ペマ・ツェテン　85
閻魔への訴え　エ・ニマ・ツェリン　103
犬になった男　エ・ニマ・ツェリン　109

羊のひとりごと　ランダ　119
一九八六年の雨合羽　ゴメ・ツェラン・タシ　129
II　異界／境界を越える　解説　三浦順子　150

III　現実と非現実のあいだ

神降ろしは悪魔憑き　ツェラン・トンドゥプ　157
子猫の足跡　レーコル　163
ごみ　ツェワン・ナムジャ　183
一脚鬼カント　ランダ　215
III　現実と非現実のあいだ　解説　星泉　261
おわりに　星泉　266
初出一覧　269

装画・扉絵　蔵西
装　釘　宗利淳一

I

まぼろしを見る

人殺し

ツェリン・ノルブ

◇ツェリン・ノルブ　ཚེ་རིང་ནོར་བུ།　次仁羅布
1965年、中国チベット自治区ラサに生まれる。中編小説「界」で第5回チベット新世紀文学賞、短編小説「殺手」（本書収録作）で第5回チョモランマ文学芸術賞金賞、短編小説「放生羊」で第5回魯迅文学賞、中編小説「神授」で2011年『民族文学』年度賞をそれぞれ受賞している。初の長編小説『祭語風中』（2015年）は第6回中華優秀出版物賞を受賞している。現在、漢語の老舗文芸誌『西藏文学』の編集長。

トラックは、砂煙をあげて無辺の荒野を東から西へと疾走していた。車にはぎっしりと荷が積まれ、カーキ色の帆布でしっかりと覆われている。運転席には俺一人。睡魔に襲われ、立て続けにあくびが出た。左手でハンドルを握ったまま、右手で鞄をまさぐり煙草を取り出すと、手首までむっちりと肉のついた手で不器用にライターの火をつけた。ゆっくりと吐き出された煙草の煙が、運転席に白くゆらゆらと広がっていった。目の前には薄暗くぼんやりとした果てしない大地が広がる。眠気は血管を伝わって体中に広がっていく。この耐え難い眠気を抑えようと、俺は思い切り煙を吸い込んだので、あっという間に一本を吸い終えてしまった。手が再び鞄に伸びかけた時、地平線の端でうごめく小さな黒い影が目に飛び込んできた。あれは人なのだろうか、それとも動物かなどと考えながら、アクセルを踏んでその黒い点に向かって車を走らせた。距離が縮まるにつれその黒い影の正体がはっきりしてきた。その影は布団を背負った人間だった。俺は思った。こんなタフな人間は巡礼者に違いない、と。そして、速度をあげてその人影に近づいていった。

トラックの音が聞こえたらしくそいつは歩みを止め、こちらを振り向いた。フロントガラス越しに、果てしのない天と地の間で、いかにもちっぽけで、さみしげで、頼りなさそうな男の姿が見えた。俺はそいつを乗せていってやろうという善行を思いついた。車が近づくと、そいつは、両の腕を挙げて手を振った。俺にはその姿がはっきりと見えた。頭に巻きつけた編み髪、細身の体、腰差しした長い刀。俺はそいつのそばに車を停め、車に乗れと手で合図した。そいつは車のドアを開け、汚れた布団と煤けたやかんを助手席に置くとその隣にそそくさと体を押し込んだ。

「荷物は下に置け」と俺はそいつに命じた。

そいつは布団を座席の上から取ると、足の下に押し込み、容赦なく踏みつけた。顔は真っ黒、頬骨の張ったカンパ〈東チベット、カム地方の人〉の男だ。顔から吹き出した汗は筋となって流れ、足元を見やると革靴は色あせ、つま先には穴が開いていた。発車した車は再び荒野の中を濛々《もうもう》と砂煙をあげて疾走した。カンパの男は朴訥《ぼくとつ》とした様子で窓の外を眺めており、その目にはどこまでも広がる荒野が映っていた。時たま、しぶとく枯れずにいる荊棘《いばら》が目に入ると、そいつは気づかないくらいのかすかな微笑みを見せた。

「おい、カンパ。おまえは巡礼に行くのか？」

カンパの男はぼんやりとした眼差しを俺に向け、ごくりと唾を飲み込み、目線を再び荒野に向けた。

「おまえは巡礼に行くのか？　それとも商売か？」俺はイラッとし、声を荒げた。

「どちらでもない。おれはサガ県に行く」

俺はその返事に満足し、笑みをこぼした。俺は続けて言った。

「それならおまえはいい車に乗ったな。俺はンガリに行くんだ。サガまでお前を乗せてってやる」

カンパの男は微笑んだ。車内は和やかな雰囲気に包まれた。俺はまた煙草に火をつけ、ゆったりと吸うと、眠気はすでに遠のいていた。

「おまえはサガに何しに行くんだ？」俺は前方を凝視したまま聞いた。

「人を殺しに行く」

カンパの男の答えに俺はひどく驚いた。俺は落ち着きを取り戻すと、すぐに軽く一笑し、

「面白いやつだな。見た目からはそうは見えないが。本気じゃないんだろ」

カンパの男は額にかかった髪を指でかき上げると、前方をじっと見つめて言った。「信じないのなら仕方ない」男は苦々しくごくりと唾を飲み込んだ。俺はそいつの唇が乾燥で割れているのに気づいた。男は、続けて、「やつは十六年前、俺の父親を殺した。それ以来、ずっと雲

隠れしてる。俺は十三年もの間チベット中をくまなく探し回ったが、すべて無駄足だった」

俺はカンパに一瞥《いちべつ》をくれると、哀しみがこみ上げてきた。俺の想像の中の人殺しは、がたいがよく、黒い服に身を包み、サングラスをかけ、腰には拳銃を携帯しているようなやつだ。しかし、俺の目の前にいるこいつは、無口で無表情な顔と途方に暮れた目をしており、腰には銀製の柄のついた刀を差しているだけで、見る者を震撼させるような人殺しらしい特徴はなにひとつ持ち合わせていなかった。俺はすっかり失望し、顔の向きを変え、荒野を見つめた。運転席には眠気を誘うエンジン音のみが響き渡った。

「サガ県にはいつ着く?」カンパの男は前方をじっと見つめながら訊いた。

俺は窓から吸い殻を捨てると、力なく答えた。「日が落ちる前には着く。急いで殺さないといけないのか?」

カンパの男は俺の顔を見つめた。そこには軽蔑が含まれているだけでなく、なじるようでもあった。俺は全身の力を失い、手のひらには汗がにじんだ。カンパの男は歯を食いしばりながら、「この日のために十年以上待ったんだ。半日くらいなんでもない」ともらした。

俺は返事をせず、前方に目を向けた。

ほどなくして、西側の地平線には綿々と続く山の輪郭が徐々に姿を現し、車のサイドミラーには、赤く燃えるような太陽が映り込むと、西の空にゆっくりと落ちていった。カンパの男を見ると、彼は放心状態で視線を前方に向けていた。その物静かさ、口数の少なさ、そして頑なな様子は俺に多少の恐れを抱かせた。重苦しい雰囲気を和らげようと、俺は言った。

「すぐに着く。あの山の突き出たところに道がある。そこをまっすぐ行けば到着だ」

「そうか」車の走行音がカンパの男の声をかき消した。

車は西側に姿を現した山に向かって疾走し、そこから山裾のくねくねした細い道を走った。

「着いたぞ」俺は、重荷を下ろすかのようにそう言い放った。ちょうど日が暮れようとしていて、風がびゅうびゅうと吹きつけている。分岐点にさしかかり、前方の景色がぼんやりと見えてきた。カンパの男が不器用にドアを開けると、黒く冷たい風が吹き込み、俺たち二人を身震いさせた。男は毛布とやかんを取り出すと背中に背負い、俺が教えた方角に進んでいき、ほどなくして、果てしなく続く夜のとばりに呑み込まれ、視界から消えた。砂混じりの土埃が風に運ばれて車の窓ガラスにあたり、ガラスはカタカタと哀れを誘う音を立てた。車の屋根に張られた布はパタパタとはためいた。ここいらの砂嵐は本当に恐ろしい。クラクションを鳴らしたが、その音は風にかき消された。俺はいったい何をしてるんだ。やつを励ますためか、それとも別れを告げるためか。自分でもわけがわからなかった。

車はねっとりとした闇の中をンガリに向かってひた走った。果てしなく広がる暗闇を照らす車のヘッドライトが、ぽつりとひた走るトラックの孤独な姿を際立たせた。

俺は獅泉河鎮《しせんがちん》で四日過ごすと、空の車で戻ってきた。帰り道に頭に浮かんでいたのはあのカンパの男のことだった。あいつが復讐を果たせたのかどうかが気にかかり、あらゆる結末を想像した。車がサガ県への分岐点に差しかかった時、俺は無意識のうちに自分でも驚くような行動に出た。なんと、サガ県に続く道へとハンドルを切ったのだ。

午後の日差しはじりじりと照りつけ、地面は白茶けて見えた。車はヤルルンツァンポ川の流れとは反対にひた走り、川は岩に当たって白いしぶきをあげ、どうどうと流れていく。俺はいささかすがすがしさを覚えた。路の両側の山は木も草も生えていない裸地だった。まれに荊棘が生えており、時折、その陰に一、二匹の痩せた羊を見かけることもあった。ここはまさしく荒野だ。

低い屋根の民家が目に入った。その白茶けた家屋にはわずかばかりの生気も感じられず、長い年月の経過を感じさせた。町にはそれほど長くない道が一本貫いている。俺は町の招待所〈安価で簡素な宿泊施設〉に車を停めた。

道沿いの茶館で昼飯をとることにした。その茶館はたいそう粗末で、木製のテーブルがいくつかと不恰好な木の椅子が置かれ、床はでこぼこだった。俺は甘いミルクティーを魔法瓶一本分と肉饅頭十五個で簡単に食事をすませた。それらは俺の腹をはちきれんばかりに満たした。腹が満ちるとすぐに人殺しのことを思い出し、いても立ってもいられなくなった。

「おい」

「まだなにかご注文？」

女の顔には不愉快そうな色が浮かんだ。俺がまたなにか注文すると思ったのだ。

「人を探している」

「誰よ？」

女の顔はほころんだ。

「数日前この町に来たカンパの男だ」

「あの時の痩せた人かしら？　最初、乞食かと思ったわ」

「そいつはなにか事件を起こしてないか？」

「何も。でもマジャって人を探してるって」

「みつけたのか？」

「みつけたわ」

俺は内心、恐れおののいた。脳裏には、カンパの男が刀を抜いてマジャの胸元に刺し、マジャの白いシャツに滲んだ鮮血が、胸元に赤い薔薇の花を咲かせたかのように広がっていく情景が浮かんだ。

「ねえ、教えてあげましょうか」女はまだ話をしたがっているようだった。無理もない。店には俺たち二人しかいないのだ。

「あの日、もう日は高かったわ。町に続く道で、毛布を背負った見知らぬカンパの男を見かけたの。その人は炎天下の中、どこかに向かっていた。この町はそれほど大きくないから、ひと目でぜんぶ見渡せてしまう。道の両側に建物はまばらだし、道を歩く人も多くはない。その人は疲れているようだった。血走った目からそれが見て取れた。大手を振ってやってきて、店の窓際に座った。男の目が私に向けられた。その時、男のひび割れた唇やぼろぼろの服が目に入った。腰につけている刀はとってもきれいだったわ。私は魔法瓶を抱えたまま、テーブル二つ分離れたところから男の様子をうかがってたの。

『この辺にマジャという男はいるか?』とその男は尋ねた。私は男が人を探しに来たんだと分かった。それで、最初に物乞いだと思ったのは間違いだって気づいたの。私はテーブルと椅子で距離をとりながらポットの栓を開けた。グラスをいっぱいに注ぐと、濃厚なミルクの香りが立ち上った。私は答えた。

『町の西の端にマジャっていう男が小さな商店をやってるわ』

『そいつはコンジョの出身か? 年は五十歳くらいか?』

私はふっと笑って『親戚でも訪ねに来たの?』と聞いた。カンパの男は再び思いつめた様子で『そいつはコンジョ出身か?』と聞いてきた。私は興ざめして『コンジョ出身かどうかなんて知らないわ。年は五十すぎくらい。この町で店を始めて二年経つ。それから、いつもお寺にお参りしてその周りを回ってるわ。とても信心深いの。だからこの町の人はみんな彼のことを知っている』と答えた。カンパの男の呼吸は荒くなり、顔も紅潮してきた。『親戚が見つかって嬉しいのね』私は男のとなりに立って言った。ところが、カンパの男の目には突然、涙があふれ、声をあげて泣き出した。ミルクティーは冷め、もう湯気は上がっていなかった。男は言った。『ああ、とうとう見つけた！』カンパの男の高ぶった様子を見て私はびっくりし、その向かい側に座った。間にはテーブルひとつ分の距離しかなかった。グラスの中には焦げたミルクの膜が浮かんでいる。カンパの男は冷静さを取り戻し、目頭を手でぬぐうと、窓の外の道路に目をやった。道ゆく人はほんの数人しかおらず、彼らの歩く姿からもこの小さな町がいかに閑散とし、静かであるかが見てとれた。カンパの男は振り返り、向かい側に座って自分をずっと見つめている私に気づくと、グラスの茶をぐいっと飲み干した。『あなたは他のカンパの男とは違うわね』私は言った。男はこわばった顔を少しくしゃっとさせると、グラスを傾けて残った数滴の茶を舌先でなめとった。私は彼に茶を注いでやった。カンパの男は『トゥクパ〈汁あり麺〉はあるか？』と聞いた。

『あるわよ』

『一杯くれ』

私はドア代わりのカーテンを開けて厨房に入った。

『できたわよ』

カンパの男はどんぶりの中の脂ぎったスープに浮かぶ真っ赤な粉唐辛子のかかった太い麺を見つめた。男は唾をごくりと飲み込むと、土気色の舌で椀をなめた。椀に唾液が垂れたのを見て私は吐き気がし、カンパの男のそばを離れた。またたく間に彼はトゥクパを平らげた。

『布団を少しの間、そこの壁際に置いといてくれないか』

カンパの男が尋ねた。私はうなずいて『その親戚に会う用事がすんだら取りに来てよね』と言った。カンパの男は出ていった。ほら、見て。布団とやかんをそこに置いたままま だ戻ってきていないわ。もしまだこの町にいるのなら見かけるはずだから、おそらく別の町に行ってしまったんだと思う」

まちがいない。布団とやかんはやつのものだ。いったいどこに行ってしまったんだろう。

「マジャというやつはまだいるのか？」

「いるわよ。この先で店をやっているわ」

俺の頭には、カンパの男が逆にマジャに殺されたのではないかという不吉な予感がよぎった。まったく、俺ってやつは。緊張で口が乾くと同時に脳内の全神経が切れそうになった。妻はいつもチベットのことわざで俺をたしなめてくる。「けんかに割って入るべからず。割り込むべきは油売りの列」と。まったくその通りだ。

「ビールを一本くれ」

「どのビール？」女は聞いた。

「ラサビールだ」

　ごくごくと音を立てて飲むと液体が喉を通り、胃袋へと落ちていった。緊張した神経もゆるんできた。あの男をぜったいにみつけだそうと俺は心に誓った。

「おい、焼酎をくれ」少し足の悪そうな男がいつの間にやら俺の目の前に座っていた。

「羊は誰が面倒見てるのよ？」と女が尋ねると、

「お前さんには関係ないだろ。早く酒をくれ」と男は答えた。その会話からそいつが羊飼いであることがわかった。

　俺の顔を見て、羊飼いはにやっと笑った。俺はそいつに煙草をやり、俺たちは言葉を交わした。その羊飼いもカンパの男を見かけたということだった。

　羊飼いは言った。

「はじめはそいつがカンパだとはわからなかった。家畜を追っている時に急に小便がしたくなってな。わかるだろ、あの嫌な感じが。膀胱が破裂しそうになって耐えられないあれだ。よかった、わかってくれるよな。それで放牧をいったんやめて山裾にある小屋の裏に用を足しに行ったんだ。用を足すと気持ちよさが全身に広がり、四方を見回す余裕も出てきた。その時、俺は誰かが岩の上に仰向けになってぐっすり眠っているのに気づいた。まさかと思うだろ。そいつはいびきをかいて寝ていたんだ。巡礼者だろうと思って気にも留めなかったよ。おそらく俺が山を降りるときの家畜を追う声で目を覚ましたのだろう。

俺が公道にたどりついたとき、岩の上で寝ていた男が目を覚まして立ち上がった。太陽がちょうど山の上から顔を出し、金色に輝く光が町に差し込み、少し暖かくなっていた。その男はだるそうに肘を伸ばし、長々とため息をついていた。そいつはずっと俺を見ていた。数十頭のヤクが公道をいつもの悠然とした足取りで歩いていた。いつも言うことを聞かないヤク右手で紡《ぼう》錘《すい》を回して心を落ち着け、ゆっくりと進んだ。いつも言うことを聞かないヤク数頭が群れを離れ、公道を外れようとしたので、俺は大きな声を出し、地面から石を拾って、公道の脇の斜面にいるヤクめがけて投げつけた。ヤクは驚いてひょいと逃げ、尻尾を振りながら群れの中に戻っていった。そいつはずっと俺を見ていた。何だか高揚している感じだった。その後、俺はそいつがやかんを下げて公道を降り、石ころだらけの斜面を川に向かってゆっくりと歩く姿を目にした。川の流れは勢いよく、その音で周りの音はいっさい聞こえなかった。カンパの男はシャツを脱いで上半身裸になり、両手で水をすくって、顔と首を洗うとシャツを拾って拭いた。そして、左右を見回し、表面が平らな黒い石を選び、やかんに水をくんで近くに置くと、刀を研ぎ始めた。男は片面を研ぎ終わると石の上に水をかけた。刀を磨く音はどうどうと流れる川の音にかき消された。カンパの男は刀を鞘におさめると、水をくみ直し、公道を上って行ったんだ」

「そのあとはどうした？」俺は尋ねた。

「そのあとは……そのあとのことはわからん。そいつを見かけたのはそれっきりだ」

羊飼いが語り終わった頃には、ビール瓶が三本空いていた。

午後の町の目抜き通りは太陽に照りつけられ、人っこ一人いなかった。少し酔っていたので、道に転がった硬い石ころに足をとられてよろけないように注意した。俺はまっしぐらに、町の西の端にあるマジャの店に向かった。店は公道のそばにあった。賃貸の店舗で、隣は四川料理屋だった。その店に近づくにつれ俺の胸には緊張が走った。顔はあぶられたように熱く、呼吸は重苦しくなった。自分が人殺しの男であるかのような、または、あいつが通りすぎた道を自分もたどっているような気持ちだった。店の窓の外に着くと、商品棚の右側に三十代くらいの女が座っているのが見えた。女の服装はいたって普通で、顔色は悪かった。女は俺の姿を目にすると笑顔を浮かべ、「なにかお探しかしら？」と訊いてきた。俺は、しばしぼんやりと女を眺めていたが、やっと気持ちが落ち着いてきて、女に訊いた。「ここはマジャの店か？」俺の声は少し上ずっていた。

女はそれを聞くと立ち上がり、驚いた様子で「うちの夫を知ってるのね？」と言った。

俺は、「知らない」と答えた。

「まあ」マジャの妻はため息をついた。「数日前にも夫を探しに来た人がいたの。それ以来うちの人はずっと落ち着かない様子なのよ」

「マジャは家にいるのか？」

「お寺に行ったわ。一時間後には戻ってくるから、どうぞ、中に入ってお茶でも飲んで」

俺は店の裏口から中に入った。家の中には木製の寝床が二つあり、その真ん中にチベット式の低いテーブルが置かれていた。部屋の中は光がほとんど入らず仄暗い。隅には段ボールがたくさん積み置かれていた。大きな商品棚が空間を二つに分けており、棚の外側は店で、内側は住居になっていた。

「言葉を聞いた感じでは、あんたはカンパじゃないな」

「違うわよ。ここが地元よ」

「この前来たカンパの男はどうした？」

「腰をおろして少ししてから、急に泣き出して出て行ったわよ」

「なぜ泣いたんだ？」俺は訊いた。

マジャの妻はそれには答えずに、訊き返した。

「あなた、あのカンパの友だちなの？」

「違う。俺はツェリン・ノルブだ。俺はそいつをサガまで乗せてやったんだ」

マジャの妻があわてて俺に茶を淹れると、俺の緊張もしだいに緩んできた。

「ただいま！」はきはきとした子供の声が外から響いた。その声に俺は鳥肌が立ち、息が上がった。四歳くらいの男の子供がすでに俺の目の前に立っていた。子供は目を見開き、驚いた様子で俺を見つめ、母親の胸に飛び込んだ。マジャの妻は言った。「この人、パパを探してるんだって。パパはどこ？」

子供はびくびくした様子で、「後ろ」と言った。部屋の扉が再び開いて、一人の男が入ってきた。腰は曲がり、髪は真っ白、額にはたくさんの皺が刻まれていた。男は俺を見るなり、のけ反り、目をコインのように見開いた。「お、お、おまえは……」

「ツェリン・ノルブだ」

マジャの顔は蒼ざめ、唇をわなわなと震わせた。

「マジャ、どうしたの？」女は訊いた。

「なんでもない。帰り道、急ぎすぎてな。で、私に何の用かな？」

「数日前に来たカンパの男について訊きに来たんだ」

「会ったよ。私を探しに来たと言っていた。しかし、私の姿を見ても、首を横に振るだけだった。探していたのは私ではないと。茶をすすめたが、泣きながら飛び出して行ったよ。それからは見かけていない」

「そいつを探しに行かなくては。邪魔したな」

「いったいどういうことなんだ」

俺は取り合わなかった。時間もガソリンもだいぶ無駄にしてしまったので、すぐにでもここを離れたかったのだ。

サガの町を離れたあと、あの人殺しのカンパにもう一度ばったり会えやしないだろうかと思っていた。

何もない荒野でタイヤがパンクしたので俺は運転席で眠ってしまった。


マジャの家。やつの妻は子供と出かけていて不在、俺はやつと二人向かい合っている。空気が重苦しい。俺は右手に力を込め、刀の柄をぎゅっと握りしめる。もうごちゃごちゃ考えるのはやめだ。マジャを殺す。俺があいつとあいつの父親の仇を討つ。その想いだけが頭の中を駆け巡る。柄の模様の手触りを感じる。こいつはただ握っているだけで落ち着くんだ。マジャが言う。「わしは今、毎日菩薩の前で罪を償《つぐな》い続けてる。何も恐れるものはない。でもまさかおまえがこんなに早く現れるとはな、考えてもみなかったよ。人を殺《あや》めた罪を命で償うのはこの世の習いだ。さあ、殺してくれ」俺は刀を鞘から抜く。鋭い光が走る。矛先がマジャの胸に刺さる。俺はマジャを壁に押しつける。傷口からは真っ赤な血が噴き出し、刀をつたって俺の手を濡らす。温かく、粘り気のある血だ。マジャは安堵の混じった目で俺を見つめ、苦しげに口を歪めて微笑み、息絶えた。俺が刀を抜くと、マジャの体はまるで草束のようにどさりと倒れ

――

目を覚ました時には太陽がぎらぎらと照りつけていた。まぶしさのあまり、目を開けることすらできなかった。俺はタイヤを換えるために車を降りた。

（海老原志穂　訳）

カタカタカタ

ツェラン・トンドゥプ

◇ツェラン・トンドゥプ

ཚེ་རིང་དོན་གྲུབ། 次仁頓珠

1961年、中国青海省黄南チベット族自治州河南モンゴル族自治県の牧畜村に生まれる。祖先はチベット化したモンゴル人で、民族籍もモンゴル族であるが、母語はチベット語。代表作に長編小説『赤い嵐』、『僕の二人の父さん』など。短編、中編小説も多数。2017年には邦訳作品集『黒狐の谷』（勉誠出版）が出版された。作品は、英語、フランス語、ドイツ語、スウェーデン語、ポルトガル語、モンゴル語にも翻訳されている。

カタカタカタ……　最初、耳の中に虫が入ったような感触があった。彼ははっとして起き上がったが、虫でないことがわかると、再び頭を枕に預けた。しかし、その音は鳴りつづけ、しだいに音量も増していった。ついには大地が震撼し、岩も砕けんばかりにひどくなっていったので再び起き上がった。しばらくして、ひび割れた唇から「忌々しい」ともらすと、彼はまた横になった。しかし、その音はまた聞こえてきた。まるで、楽器を演奏したこともない人がコンクールに出場して演奏しているかのような耳障りな音だった。しかし、耳障りなだけならまだしも、その音は空に響き渡り、地面をもつんざき、すべてを揺らした。手足を地面につけることもできず、恐怖のあまり、がばっと起き上がったが、ベッド以外の場所や物は揺れていなかった。よくよく確かめると、ベッドも揺れているわけではないことがわかった。「まったく忌々しい」と吐き捨て、再び横になった。ふと気づくと彼は、トラクターを運転し（彼はトラクターの運転手である）、どこに行くあてもなく進んでいた。どんなスピードで運転しようとも、トラクターは上下に揺れ、彼は腰掛けに尻を置くこともできなかった。止まらなくてはと思い、ブレーキを踏んだが止まらない。それどころかさらにスピードを増し、さんざん恐ろしい思いをさせられた挙げ句、四方を雪山に囲まれた果てしのない雪の大地に放り出された。腹が冷たい。戻らなくては思い、あたりを見回すと、トラクターは少し離れたところでひっくり返っており、タイヤが空中でカタカタカタ……と音を立てていた。

「耳障りで、恐ろしいとさえ思っていた音の正体はこれだったのではないか」と思いあたり、彼はトラクターに駆け寄ると、電源を切った。すると全身に寒気がし、体がぶるぶると震えだした。歯の根も噛み合わず、カタカタカタ……とさきほどの恐ろしい音が再び聞こえてきた。彼は寒さと恐ろしさの両方で震えた。

「恐れることなどあろうか。こんな寒さくらいどうにかなるはずだ」と思い、子供のおもちゃでも動かすかのように、トラクターをまっすぐ置き直した。どうしてこんな力が湧いてくるのかは不思議なことに一切気にならなかった。彼はトラクターのマフラーに両手をかざして暖をとろうとした。

しかし、両手はさっきより冷たくなっていた。よくよく見ると、トラクターは雪の塊と化していた。それと同時に、体はさらに冷え、再び歯の根が合わなくなった。また、カタカタカタと恐ろしい音が聞こえてきた。

「もう死ぬにちがいない」と彼は思った。

そして、本当に彼は死んだ。「ああ、ちょうど三十歳か。終わったな。死んだら死体はちゃんと片付けないとな」と思い、自分の死体を担ごうとした。しかし、死体は、さきほどのトラクターのように軽くはなく、びくともしなかった。「とにかく、自分の死体は自分でどうにかしなけりゃな」と思い、死体に雪をかけた。「ああ、これじゃあまるで『雪中に死体を隠す』というやつだな。これはまずい」と思って、死体にかけた雪をはらった。見ると死体は凍りついていた。寒気と恐怖で体がぞわっとし、口から「あっ」という叫び声がもれたかと思うと、彼は我に返った。

彼は本当に寒くて歯の根も嚙み合わず、トラクターのガソリンの臭いのついた外套など、たくさんの服を布団の上にかけてまた寝た。ガソリンの臭いが鼻についた。何時間経ったのか自分でもわからなかった。今度は職場の同僚と一緒にがらんとした空き地におり、彼はすることもなく暇をもてあましていた。同僚たちの目は、ヨーロッパ人のような碧眼だった。ある同僚が彼に、「お前は青い目をしているな」と言った。また別の者も「なんと、トルコ石のような青色だ」と言った。彼はたいへん驚いて、「目……」と言った。昼の太陽は、大きなたいまつのように、彼らの頭上を照らしていた。彼は、暑くてたまらず、外套を脱ごうとした。しかし、外套は皮膚のようにぴったりとくっついており、脱ぐことができなかった。同僚たちに、「これを脱がせてくれ」と言いたかったが、まったく声が出ない。

「太陽が近づいている」と同僚の一人が言った。

「本当だ。太陽がぶつかってきそうだ」もう一人の同僚が空を見上げて、「きみの外套はガソリンまみれだから燃える危険がある」と言った。

「早く逃げよう。太陽が落ちるかもしれないぞ」と言いながら同僚たちは逃げていった。彼も急いで逃げたかったが、外套が重くてうまく走れず同僚たちに遅れをとった。彼は太陽を恐れ、外套を憎み、雪を期待した。太陽は彼に迫り、彼は死にかぎりなく近づいていった。とうとう太陽が彼にぶつかり、外套は燃えた。トラクターのガソリンの臭いが鼻についた。「水、水……」と声には出さなかったが、心の中でそう念じた。「あ、川だ」――その大きな川に彼は飛び込んだ。ずぶ濡れになり、全身が熱くなった。熱湯に飛び込んだように耐え難い熱さだった。川の流れも、カタカタカタ……というあの恐ろしげな音をたてていた。川に起こった波は、時に低く、時に高く彼をさらっていった。地面が揺れ、岩が砕けるのと同様に恐ろしかった。彼は力をふりしぼり、「助けて！」と叫び、がばっと起き上がった。

腹が燃えるように熱い。汗がだらだらと流れていた。激しい動悸がし、口の中は乾き、鼻の穴から煙でも上がりそうだ。冷水を茶碗で二杯飲んで深呼吸をしても眠れる気がしなかった。眠りから覚めないいんじゃないかという恐怖心がどうしても消えなかったのだ。しかし、動悸とともに「カタカタカタ」というあの恐ろしい音も大きくなっていくので、彼は立ち上がってガソリンの臭いの染みついた外套をはおり、医者のもとに行った。医者は彼の脈を診ながら質問をし、彼もそれに正直に答えた。


「きみはおかしくなりかけているね」

「そうなんです。お医者様、どうか助けてください」

「きみを助けられるのはきみ自身だけだよ」

「何ですって？」

「今すぐ酒をやめないとね」


（海老原志穂　訳）

三代の夢

タクブンジャ

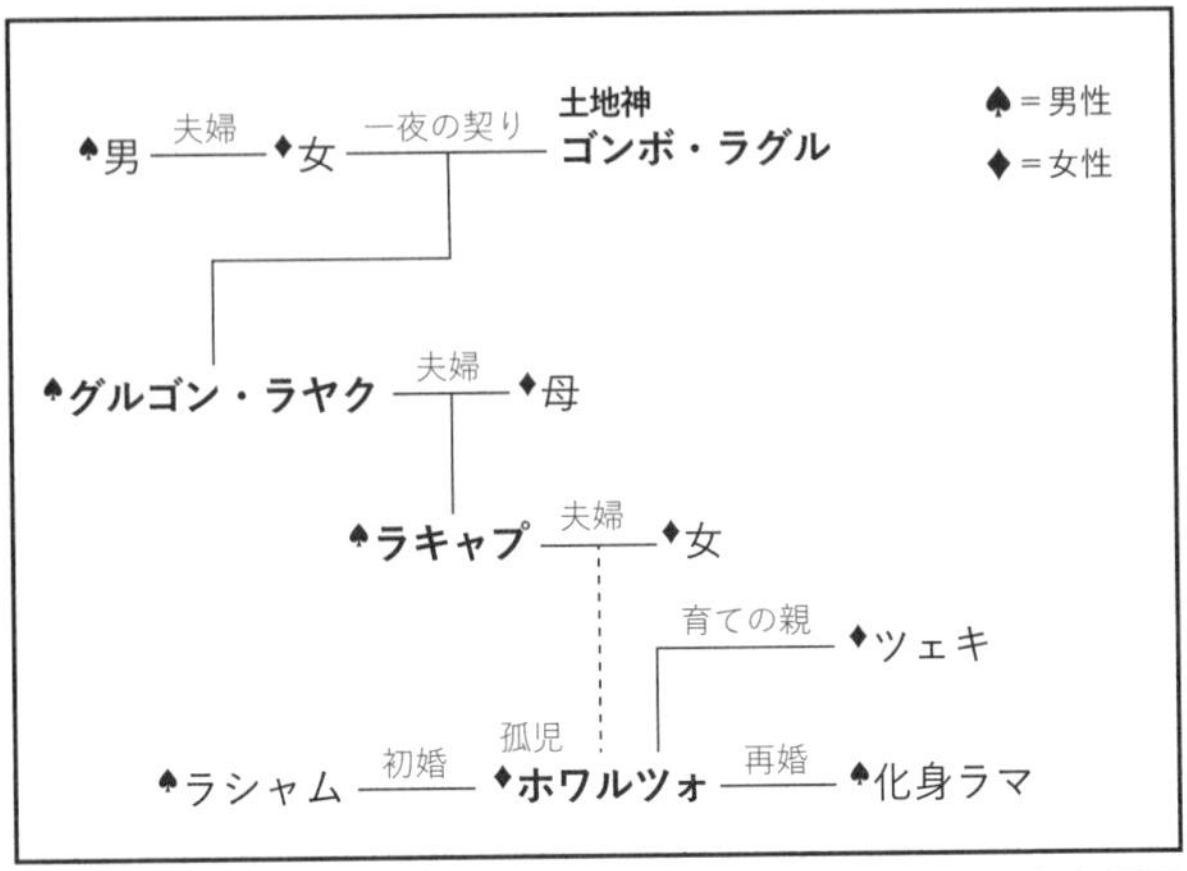

「三代の夢」　人物相関図

◇タクブンジャ　སྟག་འབུམ་རྒྱལ།　徳本加

1966年、中国青海省海南チベット族自治州貴南県の牧畜村に生まれる。長編小説に『静かなる草原』、『衰』がある。ダンチャル文学賞など文学賞受賞作品が多数ある。牧畜民にとって身近な存在である犬をテーマとした一連の作品も注目されている。2015年には邦訳作品集『ハバ犬を育てる話』（東京外国語大学出版会）が刊行された。作品は英語、ドイツ語、フランス語、フィンランド語にも翻訳されている。

一

みな口々に噂をしていた。もしラシャムと別れていなかったら、彼女もあれほど陰口を叩かれることはなかったろう。自業自得だな。能なしの男でもなけりゃ嫁のもらい手もいないさ。あんな女、一生独身でいりゃあいい。そんな噂を耳にはするが、ぼくはこの土地に赴任してきて間もないので、何の話かさっぱりわからなかった。せめて彼女の母親のツェキさんに訊くことができれば、何かわかるだろうとは思ったけれど、今ここにはいない。

ツェシュクはぼくの唯一の飲み友達で、その日も確かぼくらは飲みに行ったのだ。狭い食堂に入るやツェシュクはぼくの耳元に口を寄せてひそひそ話しかけ、唇で左の方を見ろよと合図してきた。見ると左隅のテーブルでは浅黒い肌をした若い男が食事をしており、その向かいには若い女がいた。彼女は恥じらっているのか何だかわからないが、食事にはたいして口もつけずに、男を笑顔で見つめ、何やらぼそぼそと話しかけていた。男は一心不乱に茶碗の中の食べ物をかきこむばかりで、ろくに返事もしない。ツェシュクはぼくの反応を見ながらニヤリとして首を横に振った。

ぼくにはわけがわからない。浅黒い肌の男がラシャムだというのでもう一度見てみた。年の頃は二十五歳くらいだろう。食事中に絶え間なく動く、鳳凰の翼みたいな口ひげは忘れられそうにない。ラシャムはとっくに離婚したんじゃなかったのか。噂では離婚の原因は妻の方にあるとか。でも今日はラシャムは女と一緒にいるではないか。え？　じゃあ、あの女はいったい誰なんだ？

二

一九一九年の秋、大雪が降った。ある者はこんなひどい雪は初めてだという。

夕食を終えると、夫は白いフェルトの衣を身にまとって出ていった。羊囲いの脇に横になって、夜通し見張りをするためだ。妻は寝床を整えながら、昨晩枕を小さくしすぎて頭が床につ いてしまったのを思い出し、枕の幅を広くした。寝床を整え、灯明《とうみょう》をともすと、大きく息を吐いた。そこでようやく一日の仕事を終えた気分を味わうことができた。最後にかまどの中に焚き上げ用のビャクシンの枝を焚べ、三宝《さんぽう》〈仏とその教え、それを伝える僧の三つ〉に祈りを捧げると、寝床にもぐりこみ、いい夢がみられますようにと願った。すると深夜頃であったか、夢の中で、白いフェルトの衣を着た男が、寝床にすべりこんできた。男は何も言わずに彼女の胸元にもぐりこんだ。妻は体じゅうの感覚で夫だと悟り、目をつぶったまま幸福感にひたっていた。

「おい、昨夜のあいつは誰だったんだ？」翌朝、夫は不機嫌な顔で言った。

「誰のこと？」

「白い衣を着たやつだよ」

「あなたの衣でしょ。肩にあて布のある」妻はてっきり夫が冗談を言っているのだと思ってそう言い返した。

「……」

夫は羊を囲いから出して山へ放牧に向かった。妻は茫然と立ち尽くしていた。どういうわけかその時突然、妻には子供を産み育てたいという思いがこみあげてきた。二人にはまだ子供がいなかったのだ。

銀雪の輝きが月光のように、夜空の下を隅々まで照らし出している。背後に雄々しく聳《そび》え立つは聖山ゴンポ・ラグル、いつもと同じように不動にして荘厳なおもむきを見せている。真夜中になると、銀雪の中、その人は静かにやってきた。雪を踏みしめる音すら聞こえなかった。男は昨日と同じ白いフェルトの衣をまとっている。その衣をかぶるようにして、彼女の胸元にゆっくりともぐり込んできた。あの人だわ。彼女は悦楽のあまり、言葉などいらないとさえ思った。実際、二人は一言も会話を交わさなかった。とそのとき、彼女の伸ばした手が、煤けた銅鍋にあたった。煤のついた手で衣の襟をつかむと、ぐっと引っ張り、男の体にかけた。夜はいつものように静かに過ぎゆき、雪はひたすら銀色に輝いていた。彼女は眠りにおちた。その眠りたるや至福そのものだった。夢の中で二人は、紫雲の波頭のうえで愉しく戯れ、神の国さながらに、身にはけがれひとつなく、天界の雅やかな生活を享受していた。とそのとき、突如として激しい雷鳴が轟き渡り、男の姿が見えなくなった。夢だったのか。雷鳴に起こされてみると、男の姿はどこへやら、もはや影も形もなかった。

翌朝、彼女は朝のお茶を沸かし、柄杓に半分ほどのお供え用のお茶をもって家を出て、ゴンポ・ラグル山に捧げようとして胆をつぶした。土地神であるゴンポ・ラグル山の肩のあたりに、まるで人間がつかんだかのような跡が黒く現れ出ていたのだ。指の跡までくっきりしていて、まるで山を掻き抱いているかのようだった。まあ、なんてこと。昨夜の夢がまざまざと蘇ってきた。初めのうちは恐怖を感じるばかりだったが、その怖れは徐々に信仰心へと変わっていった。その日の午後になって、まず、家畜追いの子供たちがこの不思議な指の跡に気づき、その後、牧畜民の暮らすこの大きな村は、蜂の巣をつついたような大騒ぎとなり、みなこぞって憶測を口にするのだった。

「地震が起きたんだよ。ほら、崖が崩れてるもん」と子供たちが言った。

「それは違うぞ、焚き上げの煙の跡がついたんだろう」年寄りたちが反論した。

「そんなわけはない。土地神様が両手を差し出されているのだ。急いで焚き上げをして供物をせっせと捧げなさい」ラマや在家行者〈出家せずに在俗のまま仏事を営む修行者〉たちはそう命じた。

人の噂も四十九日というが、その間、彼女は自分の経験を誰にも打ち明けなかった。その年の夏、彼女は男の子を出産し、名前をグルゴン・ラヤクと名付けた。

三

「ホワルツォっていう子なんだけどさ。年は二十二歳で」ツェシュクはまた彼女の話を始めた。

ぼくは彼の話を聞いて、まだ見ぬその女性の姿を想像し始めた。

「これがまた美人なんだよ」

「美人ねえ」

「そうなんだよ」ツェシュクはビールを一本、乱暴に飲み干して首を横に振った。「すごい美人だぜ。まあ、君が見たこともないほどの美人だってのは保証するよ。でもなあ、彼女はもって生まれた福分を活かせないんだろうな。美しく生まれた女性にはそれなりの福分ってものがあるのさ。何らかの存在理由があってこそ、あれほどずば抜けた美しさってもんが成り立っているわけだよ。でもさ、昔から、若い女性たち、とりわけ美貌をもって生まれた女性たちは、欲望も愛情も、権力と金に支配されてきたじゃないか。結局自分がいいように操られていると悟ったとき、初めて『悲劇』っていう言葉が生まれるってね。君はどう思う?」

「ずいぶんご執心じゃないか」

「まさか。とにかく彼女がラシャムと離婚したのは間違いだったね。二人の間に割り込んできたやつが悪いんだけど」

「誰なんだ、そいつは?」ぼくは彼の表情を窺いながら言った。

「まさか。とにかく信用できたもんじゃない。そのうちはっきりするさ」

「まあ飲めよ」

ラシャムは大学で研修を受けるために町を出たのだという。出発するときの表情には特に変わったところはなかったらしい。同僚たちは荷物をバスに積み込みながら、いつものように冗談を飛ばして笑っていた。最後は別れを惜しんで同僚たち一人一人と握手を交わした。彼がバスに乗り込んだとき、みなようやく、ラシャムが真っ赤な顔をして目に光るものを浮かべているのに気づいたそうだ。

ラシャムは町を出た。友人たちに温かく見守られ、思い残すこともなくさっぱりとした顔で去っていった。そして彼が去って一か月もすると、この小さな町にたくさんの「噂」が風のように飛び交うことになった。「噂」は町の外れにある中学の、ラシャムとホワルツォが新婚生活を送っていた職員宿舎の小さな部屋が出どころとなり、人づてに話が伝わっていった。人々は噂を耳にすると、目を見開き、耳をそばだてる。少し驚いてから、どっと笑い出す。だが、ぼくはそういう話には耳は貸さない。誰しもそれぞれ存在理由があるにしても、人生ってのはだいたい公平にできてるんだ。

「年の差は二十五歳だって」

「化身ラマ〈高僧の生まれかわり〉は金持ちだからねえ」

「まさしくそれだよ。化身ラマも地元の嫁と離婚したらしい」

四

母はいつものようにかまどの奥にしつらえた寝床の上で、折りたたんだ古い皮衣に寄りかかっていた。数珠を爪繰りもしなければ、観音の真言を唱えるでもなく、ひとり物思いにふけっていた。いつもなら太陽が昇るときと沈むときには、必ずかまどの上座に吊るされた焚き上げ用の皿に、一握りのお香を焚べ、ムニャムニャと念仏を唱えているはずなのだが。

夕闇が迫りつつある頃、ラキャプは羊の群れをテントの前まで連れてきて囲いに入れると、テントに入っていった。仄暗いかまどの火しかなく、ラキャプの影を除けば動くものとてない。ラキャプはテントの中で茫然と立ち尽くし、しばし物思いにふけっていた。しばらくすると呻くような声が聞こえてきた。それははるか彼方から聞こえて来るかのようだった。

「母さん」ラキャプはあわてて寝床の方に駆け寄った。

「母さん、どうしたの。いったいどうしたの……母さん……」

しばらくするとくぐもった声が聞こえてきた。

「まだお香を焚いてないから、今夜はお前が焚いておくれ」

ラキャプにとっては初めてのことだったが、上座に吊るされた焚き上げ用の皿に火をともし、一握りのお香を焚べた。青い煙がもくもくと立ち上り、テントの煙穴から空へと上がっていくのを見つめていた。

「ラキャプ、お前の父さんは何者だったと思う」

その声はちょっと震えており、溜息もまじっていた。

「母さん、どうしたの」

「……いや。あたしは大丈夫さ。今晩は父さんのことを話すから、よくお聞き」こうして薄暗い火のもとで長い打ち明け話が始まった。

「……父さんの名前はグルゴン・ラヤクと言ってね。土地神ゴンポ・ラグルの化身の子なの。その名は東チベットじゅうに轟いてた。お前はそのグルゴン・ラヤクの息子だよ。そんじょそこらの子とは違うんだよ。もう十六だ。これからはもう、よその子たちと喧嘩をして、服をぼろぼろにして家に戻ってくるようなことは駄目。喧嘩は禁止だよ。肉喰らいの鷲の父に糞喰らいのカラスの子が生まれるはずがない。父さんが亡くなってもう十六年が経つ。

父さんが生きてた頃は、土地神に捧げるために毎年山羊や羊を生け贄にして、丸焼きにしてた。それは父さんの果たすべき務めだった。問題が起これば、土地神ゴンポ・ラグルがすぐさま父さんのもとに駆けつけて、あらゆる災いを取り除いてくれた。これは本当の話だよ。

ある日、父さんと二人で農村に小麦を買いつけに行ったんだ。雄ヤク二十頭の背の両側に小麦粉を二袋ずつ掛けて戻ってくる道中、二日が過ぎたとき、六頭のヤクがへたりこんじゃってね。舌を垂らして立ち上がれなくなっちまった。日も暮れようとしている頃だったし、二人とも馬から下りたよ。すると父さんは、石を三つ置いてかまどを作るとそこで火をおこした。あたしは急いで水を汲んできて、お茶を沸かして食べ物を取り出したけど、父さんは何も口にしなかった。それから手を洗うとかまどの火にお香を一つかみ焚べ、やおら立ち上がった。そうしたら、なんてことだろうね。まるで目の錯覚かと思ったよ。白い馬にまたがった白い男がどこからともなく現れて、へたりこんだヤクを一頭ずつ抱きかかえて立たせたかと思うと、あっという間に消え去ったんだ。父さんは黙ったままだった。

そうして無事に家路につくことができたんだ」

ラキャプはまばたきもせず母の口もとを見つめていた。そして父に憧れの念を抱いた。まさか自分がそんな人物の息子だったとは。

五

化身ラマとホワルツォの婚礼の日、ぼくはツェシュクと一緒に宴席に出席した。漢人の真似をして、部屋の中は色とりどりの垂れ幕で全体が飾りつけられており、内外の壁には双喜紋の記された紅い紙がたくさん貼りつけられていた。前方には十余りの円卓が三列に並べられており、それぞれに七、八人の客が座っている。さらに車に乗ったお偉いさんも何人かやって来ていた。化身ラマも、普段とはうってかわって黒いスーツを一揃い着込んでネクタイを締めていたので、十歳ほども若返ったかのように見える。彼は恭しくお偉いさんたちを出迎えている。

「おデブさんにあんな格好は似合わないよ。つんつるてんじゃないか」ツェシュクはぼくの耳元に口を寄せて、そんなことを言って笑った。

「黙っとけって。祝い酒を飲みに来たんだろ」

「見てみろよ。料理人を別にすれば、職場の若いやつらは一人も来ちゃいないぞ」しばらくすると、ツェシュクは肩を少し揺らして、またぼくを見ながら「化身ラマとラシャムの関係を知ってる?」と言った。

「知るわけないだろ。でもいずれラシャムが知ったら、恨むだろうな。君だってそう思うだろ」

「違うんだよ。ラシャムはとっくに知っているんだ」

「まさか」

「そのまさかだよ。みんなもそう言ってる」

「信じられない」

「ラシャムはさ、旅立つ前に、あの化身ラマを訪ねてるんだよ」

「何のために?」

「お茶二包みとカターをもって、化身ラマにお伺いを立てに行ったんだ。聞くところによると、ラシャムの目のふちは赤くなっていたそうだ」

「何を相談したんだよ」

「大学に研修に行く件だよ。化身ラマにいろいろと事情をさ……。お、彼女が来たぞ。見なよ、今日はめかしこんでるな」

急いで彼の視線を追うと、後ろの小さな扉から化身ラマと花嫁が出てくるのが見えた。あれがホワルツォなのか。ぼくは思わず自問した。カワウソの皮の縁取りを施した真新しい毛織の着物をまとい、赤と黄の花飾りのついた萌黄色の礼帽をかぶった彼女は光り輝いている。柔和な笑みをたたえた彼女の表情は、人の心をたちどころに惹きつける魅力を秘めていた。彼女は化身ラマと一緒に宴席をまわって祝い酒を振舞っている。こりゃどう見たって親子だろ、ぼくは思った。

部屋に戻ると、ツェシュクは少し酔っているようだった。彼は再び彼女の話を始めた。

「なあ、彼女どうだった？　俺が言った通りだったろ？」

「笑顔が美貌をぐっと引き立てていたな」

ツェシュクはタバコを吸いながらかぶりを振り、「俺いつも思うんだけど、笑顔あっての美女だよな。もしこの世から笑顔ってもんが消えてなくなったら、美女はもっと少ないはずだぜ」

「確かにな」酔っ払い相手だし、ぼくは適当に相槌を打っておいた。

しばらくすると彼は何かを思い出したかのようにぼくを見つめてこう言った。「もし地球がこんなに丸くなかったら、こうして彼女の姿を拝むこともできなかっただろう。宿業のなせる技だよ」
「ああ。カルマってのは曰く言い難いものだな」

六

一九三六年のこと、千騎もの馬匪《ばひ》の軍勢〈当時青海を支配していた馬歩芳らの率いる軍閥のこと〉がゴンポ・ラグル山の麓に押しかけてきた。村人たちはは老いも若きもみな慌てふためき、家畜を山や谷にうち捨てて逃げた。

夕暮れも近づいた頃、グルゴン・ラヤクはいつものように太陽の光も翳るほどもうもうと焚き上げをし、馬に鞍をつけ、長銃を背負い、騎上の人となってひとり見回りに出かけた。とある谷についたところで、馬を降りて一服しているところに、不意にカササギが一羽、目の前の小高い場所に舞い降りてきて、「カチ、カチ、カチ」と三回鳴いて飛び去って行った。急いで馬に飛び乗って下っていくと、なんたることか、前方の山の麓に、馬匪の軍勢が馬やラバに荷を載せ、黒い砂煙を巻き上げて山腹の道を彼の方角めざして押し寄せてくるではないか。グルゴン・ラヤクは土地神ゴンポ・ラグルへの祈願文を繰り返し唱えながら、馬匪に向かってライフルを固定するや、鬨《とき》の声をあげた。馬匪の軍勢はまるで川が堰き止められたかのごとく、近づいて来れない。髭をたくわえた馬匪の隊長が、大岩の後ろに身を隠し、しゃがれ声で「わしらは馬司令の命令によって派遣された辺境防衛軍だ。お前ごときに邪魔などさせるか」と言った。

母はかつてラキャプにこう語ったことがある。「まさにゴンポ・ラグル様がお守りくださったんだよ。馬匪が銃弾を雨あられと浴びせかけたのに、父さんは青あざをひとつ作っただけだった。こんな話をしてもお前は信じないだろうね。だけど父さんは一人で、馬匪の軍隊に立ち向かって、四十九日もの間、馬匪を一人たりとも攻め上がらせなかった。でも、ついに父さんの銃弾が底を突いてしまったんだよ」

銃弾が尽きた頃から、馬匪の軍は日に日に増えていった。グルゴン・ラヤクは馬匪軍を欺こうと、尾根筋から外れるようにして、鬱蒼と茂る森の中へと逃げこんだ。馬匪も方向を変えて彼のあとを追った。

森は深く、人にとっても馬にとっても辛い道のりだった。山の頂に到着してみると、すでに東の空の端は白んでおり、新たな一日が始まりつつあった。おろしたてだった子羊皮の衣は、弾があたってぼろぼろになっていた。懐には喰らった弾丸が溜まっており、帯を解くと地面にばらばらと落ちた。グルゴン・ラヤクは思わずかぶりを振った。

グルゴン・ラヤクはそこに八日間隠れていた。馬匪軍も全く動きを見せなかったので、ほっとして深い眠りに落ちた。どれほど時間が経ったかわからないが、うとうとしていたら馬のいななきが聞こえた。即座に起きあがって様子をうかがうと、自分の馬が耳をぴんと立てて彼のまわりを回っている。敵が近づいてきているのを悟り、前に進もうとしたが、そこは千尋の谷だった。突然、ヒューッという音がした。振り向くと、背後に五百人を超える軍団が迫っていた。馬匪はグルゴン・ラヤクが武器をもっていないことに気づくや、一気呵成に迫ってきた。

「はっはっは、翼があるなら空へでも飛んでみろ。あっはっは、あのやっかいものを生け捕りにしろ！」髭をたくわえた馬匪の隊長は、あご髭をなでまわしながら高笑いをした。ところがグルゴン・ラヤクがひるまず急峻《きゅうしゅん》な山の上で獰猛な虎よろしく立ちはだかると、馬匪の軍勢はそれ以上近づけず、恐怖に足もすくみ、風に吹かれる草のごとく立ち尽くしていた。隊長もしばし茫然としていた。

「いいか、よく聞け。このグルゴン・ラヤクに匹敵するものなどこの世にいない。おれを捕えようなど、百年早いわ！　さあ見るがよい」とゴンボ・ラグルの名を叫ぶと、獲物におそいかかる鷲のごとく谷へと舞い降りていった。馬匪たちは仰天してその場に立ちつくし、手にしていた銃を取り落とすものまで現れる始末だった。

馬匪は打つ手もなくなり、やがて彼の村をつきとめてそこにたどり着いた。グルゴン・ラヤクは自宅に寄って銃弾を二袋と銀をはめこんだ銃を持って再び馬匪との戦いに向かった。六年間戦いながらあちこちをめぐり歩き、北はアチェン雪山のふもとから南は聖山ラリ・ゾンカルに至るまで、敵軍を殺して回り、道を血で染めた。六年の間に故郷に戻ったのはたったの三度だけだった。

一九四七年のこと、馬匪の軍勢が彼の家族と村の若者五十人ほどを捕らえて首に縄をかけた。それからあちこちに布告を送り、グルゴン・ラヤクが十五日間のうちに投降しなければこの者たちを皆殺しにすると喧伝した。

村はずれの護法尊ゴンボの仏堂の傍らには、五千もの馬匪軍が立ち並び、銃剣を掲げている。髭面の隊長は、満足そうな表情を浮かべ、捕虜たちを並べてつないでいる柱のそばを歩き回りながら、時おり腕時計を見ていた。茶を一服するほどの時間が経った頃、銃声が響き渡り、遠くのほうで黒い土埃が巻き起こったかと思うと、馬に乗ったグルゴン・ラヤクが現れた。銃は持っておらず、丸腰だった。

「はっはは、きっと来ると思っていたぞ。まったく勇敢なやつだ。馬司令も貴様のことは高く買っていたからなあ。もし貴様が馬司令に降伏するなら、少なくとも師長の位にはつけてやる。俺が保証しよう。貴様らチベット人のことわざでも『蛮勇は勇気とは呼べない』というだろう。なあ？　あはは」隊長が目で合図をすると、家族と若者たちの縄が解き放たれ、彼らは逃げだした。隊長は再びグルゴン・ラヤクのほうに向きなおり、笑みを浮かべた。
「ふふん、俺たちチベットのことわざではな、『尻尾を巻いて逃げる狐より、死して皮を残す虎』とも言うんだ。知らなかったか」グルゴン・ラヤクは懐から拳銃を取り出して自らの頭に向けた。親戚や若い衆はそろって涙し、兵士たちは慌てて後ずさりした。村人たちは号哭《ごうこく》している。
バン――――バン――――バン
立て続けに鳴った三発の銃声が、広々とした草原に、谷の底に、山の頂に、空の高みに、雲海の上に響き渡り、哀歌となって世界の果てまで広がっていった。それから十五日の間、聖山ゴンボ・ラグルの姿は朦々たる霧に包まれたままだった……。

七

店の入口では数人の牧畜民があぐらをかいて日向ぼっこをしながらおしゃべりをしている。話題はツェキさんが亡くなった話だ。

「化身ラマの令夫人の育ての母だよ」

「実母じゃないのか」

「そうさ。彼女は捨て子だからね。実の親は誰にもわからないのさ。ツェキさんは本当にやさしい人だったよ」

その日ぼくは町中で彼女を見かけた。二歳くらいになる子を抱いて、年配の女性たちと連れ立って食料品店に向かっていたが、以前とは様子が全く違っていた。以前の細くしなやかな体型は崩れて、でっぷりとした尻はまるで牧畜民の革袋のようだった。にこやかな笑みもすっかり消え、嫉妬深く鋭い目つきをしていた。それを見て何とも言えないがっかりした気持ちになった。

ぼくの傍にいた若者たちも彼女を見て蔑んだような口ぶりで「あの高慢ちきぶりを見ろよ。めす豚そのものだな」と噂している。

「あの子は前の奥さんの子だ。もうあたしの息子って言ってるらしい」

「化身ラマにはホテルにもう一人女がいるんじゃなかったっけ？　この間夫婦喧嘩になったらしい。どこぞから来た病気もちの女も化身ラマの手にかかってるらしい。実際には病気なんかじゃないらしいが」

ぼくがもう一度よく見ようとしたときには、彼女はすでに店の中だった。さっきの若者たちもいつの間にいなくなっていた。まったく「兎を捕ろうとして兎を逃がす。戒律を守ろうとして戒律を破ってしまう」とはよく言ったものだ。ぼくは腕組みをして自分の足元を見つめながら自宅に戻った。

それから一週間もしないうちに化身ラマとホワルツォは離婚した。ここにきてようやく状況がつかめるようになってきた。まわりの人々は以前のぼくと同じようにたどたどしい中国語で「ブークーヌン《ありえない》」と言っていた。でもぼくはそのときちょっと違う見方を抱くようになり、周囲の者たちには「この世の中のほとんどの出来事はブークーヌン《ありえない》の中から生まれてきたし、これからもそうなのさ。それはぼくらが心に思い描いたことがたまたま実現することと何の変わりもないのさ」と言ってきかせていた。ぼくは何とかして経緯を調べて、人々に驚くようなことではないと思わせようとしたのだ。

離婚の主な原因は二つあった。

化身ラマは愛人のもとに入りびたって夜になっても家に帰ってこないうえ、翌日しなびた大根のような顔で家に戻り、ソファにどっかりと腰を下ろすと「昨晩も中央から大事なお客様が来たのでね……」と言い訳をするというのである。これが一つ目の原因である。

ホワルツォは別の化身ラマ、チュブザン師に相談しようと手紙をしたためたが、出歩きたくなかったので、「病気もち」の女にその手紙を託した。午後になって化身ラマが家に戻ってソファに座っていたところに、その病気もちの女がほくそ笑みながらその手紙を渡した。これが二つ目の原因である。

詳しい経緯はこうだ。

土曜日の晩のこと、学校の青年団委員会主催のダンスパーティーが行われた。夜中の十二時ごろ帰宅したホワルツォは、ドアを開けて仰天した。その晩、夫は家におり、ひとりソファで酒を飲んでいたのだ。ボトルを一本空けてしまったようだ。

「戻ったのか」

ホワルツォを見るや、化身ラマは血走った目でねめつけながらも、悄然とした様子は隠せなかった。ホワルツォは何食わぬ顔で居間の椅子を並べ直していた。

「俺と一緒にいるのがそんなに嫌か」夫はくぐもった声で言い、彼女をまっすぐ見る勇気もないのか、うなだれて、右手で額を押さえている。

彼女は不審に思って夫を見つめた。

「お前の手紙を見たよ」

「手紙って？」

「チュブザン師に宛てたやつだ」

驚いた彼女は、うろたえながらも立ち上がると、怒りをあらわにし、歩き回りながら「じゃあ、あなたこそホテルに行ったまま夜になっても戻ってこないのはどういうことなの。ずっとひとりぼっちで家にいるなんて耐えられない。あたしたちみんなに何て言われてるか知ってる？　あたしがこんなに耐え忍んでるのに、人の手紙を勝手に読むなんてひどい人」こう言ってむせび泣いた。

「その話はやめておこう。いずれにせよ、済んだことだ。本当にお前が一緒にいたくないなら、一緒に暮らすのが苦痛だというなら、別れてもいいんだよ」そう言って化身ラマは酒をあおった。

「それで通ると思ってるの？」

「いや。わたしだってお前を困らせるつもりはないよ。この家にあるもので必要なものがあれば……いや、この家の家財一式のうち半分はお前に譲るよ。またなにか困ったことが起きたら、できるだけ手助けするから」

　離婚証書に署名をした彼女は、かつてのようなにこやかな笑みを浮かべていたという。

八

「牛鬼蛇神を打倒せよ！〈文革期のスローガン〉」

「階級の敵に騙されるな！」

「無産階級の革命を完遂すべし！」

夜、村の中央にあるぼろぼろの広場の中で、革命の雄叫びが、炎のごとく、高波のごとく発せられた。燃えさかる炎のもとで、ラキャプは艶やかな皮衣を着て、手には赤い表紙の毛沢東語録を持ち、まずその一節をよどみなく諳《そら》んじてみせた。「毛主席万歳」「中国共産党万歳」と高らかに叫ぶと、みなが一斉に唱和して、その声が空に響きわたった。

その後しばしの間、火の粉が一気に舞い上がり、人々は静かになった。

「おい、ヨンドン、この悪党が。豹皮をかぶったロバめ、耳の穴をかっぽじって聞け。お前が牛鬼蛇神の道具を隠した理由は何だ。正直に言え。誰を騙そうとしたんだ。黒魔術の能力があると騙《かた》って何人を怯えさせたんだ。みんなお前の過ちじゃないのか。さあ、正直に言え」ラキャプは髭をたくわえた長老を前に悪しざまに罵り続けた。長老は体をかがめて縮み上がり、すべて認めるかのようにぶるぶると震えているばかりで、ラキャプの顔をまともに見ることもできなかった。広場に集まった人々も一言も口をきけなかった。

二日目の晩、赤い肩章をつけた者が何人かで長老ヨンドンを後ろ手に縛り上げ、頭を地面に押し付けた。ラキャプは嘲笑を浮かべ、「けっ。不幸を呼ぶ人民の敵め。どうだ、お前の得意の黒魔術をやってみるがいい。この俺を呪いにかけてみろ。お前の呪力とやらはどれほどのもんだ」と言った。

長老は相変わらず口をきくこともできずにいる。赤い肩章の者たちに一突きされると、長老は根腐れした老木のごとく倒れた。皮衣の右袖が炎に触れ、焼け焦げた匂いが立ち上った。

三日目の晩、ラキャプは艶やかな皮衣を身につけて、手には毛沢東語録を持ち、まずその一節をよどみなく諳んじてみせた。それから「毛主席万歳、中国共産党万歳」と声も高らかに叫んだ。今夜の彼はいつにも増して高ぶった様子で、威厳たっぷりにこう言った。「月末には各村の謀反者は全員、人民公社で教育を行い、弾劾集会にかける。ヨンドンはそこへ送り込むことにした。やつは俺が八歳のとき、おぞましい僧衣を着て人民解放軍に歯向かった人間だ。今も牛鬼蛇神の技を繰り出して人民を騙している。こんな悪人を野放しにしておくわけにはいかない」

長老のヨンドンは立ち上がることすらできなかった。

真夜中頃、ラキャプが自宅に戻ると、女の子が生まれていた。ラキャプは歓喜した。夜が明けると数人の紅衛兵が慌てた様子で訪ねてきた。

「やつが死んでます」

「どこで」

「広場で自殺してました。白い石の下にこの手紙があったんですが」こう言うと、ぼろぼろになったお茶の包み紙を手渡してきた。手紙にはよれよれの文字と何かの模様が書き連ねてあった。手紙の内容はこうだった。「恩知らずのお前のような人間がグルゴン・ラヤクの息子だとはなんと嘆かわしいことか。お前の子孫は、逆巻く川に落ち、家系は断絶するだろう。さもなくば、わしに呪力がないことの証だ」その下に記されていたのは呪文だった。

九

ぼくは寝室でガルシア＝マルケスの『百年の孤独』を読んでいた。物語の豊かな芸術性と巧みな話術にすっかり魅了され、時間が経つのも忘れて没入していた。と、そのとき突然扉が開き、ツェシュクが慌てた様子で駆け込んできてこう言った。「おい、急げ。誰かが川に落ちたらしい。急いで見に行こう」

「誰かって誰だよ」

「知るか。急いで行こう。みんな行ったぞ」

川の屈曲部にチベット人も漢人も大勢集まって騒ぎになっていた。みんな押し合いへし合いしながら川べりの方に首を伸ばして「どこで落ちたんだ」とか「どこのどいつだ」とか、「誰なんだ」などと口々に疑問を呈している。ここはちょうど川の流れが渦巻くところで、川幅は二十メートルほど。川はゆったりと左方向に向きを変えながら上流に向かって蛇行し、向こう側の崖にぶつかると再び下流に向きを変えて流れていく。一人、二人と上着を脱いで川に入り、もがきながら泳いで向こうへ渡ろうとしたけれども、川の中央部には到底行き着くことができず、かぶりを振りながら戻ってきた。まわりで見ていた誰もが動転していたが、なすすべもなかった。ツェシュクが矢も盾もたまらないといった様子で服を脱いで川に飛び込もうとしたが、年配の人々に羽交い締めにされて、「おい、死にたいのか。この川はすごく深いんだぞ」と戒められたので、怖じ気づいて手も足も出なくなった。

「女だってさ」

「ホワルツォらしいぜ。化身ラマと喧嘩になって川岸まで逃げ出したらしい」

「とっくに別れてたんじゃないのか」

「そうなんだが、財産分与で自分のものになるはずだったソファを化身ラマが手渡さないからって奪い合いになったんだ」

「それだけのことで?」

「ああ、それだけのことで」

嫌な話だ。何も言いたくもないし、まわりの噂話に耳を貸したくもなかった。ここのところ、悪夢を見るような出来事があまたこの耳に入ってきており、この目でも見てきたので、ぼくはすっかり嫌になっていた。

ホワルツォが死んだ。みんな遺体を見に行ったが、ぼくは一人茫然自失に陥り、うなだれていた。ゆっくりと顔を上げると、空にはぽっかりと何もなく、大地も、この狭い谷ももぬけの殻で、静まり返っていた。ひとけのない川はゆったりと上流に向かって蛇行している。そのときぼくの脳裏には三世代の来し方の物語がぼんやりと浮かんだ。だがその物語も流れゆく水面《みなも》に沈んでいき、あとには徒労感だけが残った。最後に目に映ったのは、上手に忽然と姿を現したゴンボ・ラグル山の威容と、眼前の逆巻く川の流れ、そしていつの間に伸びていたぼくの影のみであった。

十

ぼくとツェシュクはテーブルの端と端に座っている。ぼくらの間に酒のボトルが一本あるのは言うまでもない。話の種も尽きて、もう話すこともなく、それぞれ物思いにふけっていた。

「ラシャムも同じようなもんさ。何もうまくいっちゃいない」

少し酔ったツェシュクは何か思い出したかのように言った。今日はぼくの心も晴れそうになく、グラスの酒をぐいっと飲んだ。すると彼もこちらを見て「本当に笑っちまうよな。一昨日州都に行ったとき、やつを見かけたよ。奥さんと二人でこっちに歩いてきたんだけど、やつは知らんぷりを決め込んでた」

「ほら、俺たち食堂で見かけただろ。あの女だよ。まったく馬鹿な女だよ。ラシャムは大学で二年間勉強したところでさ、あと一年いられるはずだったのに、あの女に帰ってこいと言われたんだ」

「どうして?」

「知るかよ。そうしない限り離婚すると言われたんだ。ラシャムも一歳になる娘のことが気がかりで、奥さんの言う通りにしたんだ。でも今二人はすごく幸せに暮らしてる」

ぼくはどうでもよくなって、静かに物思いにふけっていた。このところぼくは人の話にまったく興味が持てなくなっていた。人の話す声が聞こえてきただけでいらいらしてくる。静寂が好きだ。彼もぼくの気持ちを汲んでくれたようで、ほくそ笑みながら、酒に手を伸ばそうとしたが、ボトルはとっくに空になっていた。

ぼくらが店を出ると、日が暮れかかっていた。夕日の残照が近隣の建物の壁をあかあかと照らし、あたかも赤土を塗りこめたかのようで、ひどく美しい。街路に据え付けられた背の高い電柱の上の拡声器からたった今、終業を知らせるチャイムが鳴り響いた。続けて北京開催の第十一回アジア競技大会のテーマソングが流れ始め、この小さな町のあらゆる喧騒を呑み込んでいった。

われらのアジア
山は威容を誇る
われらのアジア
川は流れる血潮
……

（星泉　訳）

赤髪の怨霊

リクデン・ジャンツォ

◇リクデン・ジャンツォ

རིག་ལྡན་རྒྱ་མཚོ། 仁旦嘉措

1970年、中国青海省黄南チベット族自治州尖扎県の半農半牧村に生まれる。大学でチベットの伝統文学を専攻。「赤髪の怨霊」は大学在学中の1989年に執筆した作品。2010年に中短編作品集『古村』、2016年に長編小説『円満な虚構』を刊行。また、近年では『ねずみの冒険』など児童文学作品も多く手がけており、アニメ化もされている。2021年に小説「絶望と傷口」でダンチャル文学賞を受賞。

月明かりのない夜だった。そんな夜は、血の気も引くような耐えがたい恐怖が人々を呑み込む。漆黒の闇に包まれた部屋の隅から、「我は怨霊なり……」というひどく低い声が聞こえてきた。静けさの中に緊張が走る。みな怯えて身がすくみ、その場はしんと静まり返った。

突如として、部屋の隅から雷鳴のような笑い声が響きわたった。それは人々の耳をつんざき、心臓を突き刺すような声だった。

「怨霊よ……名は何という」行者のタムディンの声だ。声は震えている。

「はっはっはっは。この世を征する者、赤髪の怨霊だ」

「赤髪の怨霊……」

暗闇の中、その場にいた人々は一斉に恐怖の叫び声をあげた。みな肝っ玉が縮み上がり、心臓はどくどくと波打った。暗闇に包まれた家の中は、身の毛もよだつ恐ろしい空気に呑み込まれていった。

そういえば今年、近隣の地域に「赤髪の怨霊」なるものが現れたと話題になった。若者や娘が相次いで川に身を投げるなどして自殺し、その怨霊の道連れにされたというのだ。そうした話がまことしやかに語り伝えられ、ついにこの山村にも届いたのである。

「赤髪の……怨……霊よ……何を企んでいるんだ」行者のタムディンが喉から声を絞り出すように言った。

「はーっはっは。タムディンよ、今宵お前は空を舞うか、それとも土に潜るか、さあどっちだ。へーっへっへ……ほーっほっほ……」

これを聞いた行者は仰天した。なんと、「赤髪の怨霊」とやらに名前を知られていたとは。意識が朦朧としてきた。目に見えない紐で命の先端が引っぱられているような気さえする。ああ、想像だにしなかった。何と恐ろしい謎かけだろう。

この山間の集落では、何か悪いことが起きると行者のタムディンを呼びに行くのが常である。タムディンも呪力の強い装束を身につけて、強力な呪詛を唱えながら、立派な馬に乗ってさっそうと駆けつけるのだ。去年と今年は「怨霊」の祟りが増えており、それとともに「行者タムディン」の名声は風のごとく勢いづき、福徳増進の真っ最中なのである。男も女もみな、その名を耳にしただけで、畏敬の念を抱くほどだった。

ところが月明かりのない静まり返ったその晩、夢やまぼろしではなく本物の怪物が立ちはだかり、死神の羂索《けんじゃく》のごとく、あれよあれよという間に行者タムディンの首に縄をかけたのである。

光はほとんどない。震える息遣いの音だけが、はっきりと聞こえている……。

「お願いです。命だけはご勘弁を……」

突然声がして、誰かのひざまずく音がした。

「えっ、行者様だったのか……」

暗闇の中ゆえ、最初は声の主が誰だかわからなかった。だが、この一言が発せられた瞬間、建物の中にいた人々はみな「赤髪の怨霊」に助けを乞うているのが「行者タムディン」だと悟り、その場の恐怖はいや増しに増した。

「はっはっは。タムディンよ。この赤髪の怨霊の手にかかればお前などひとたまりもない。十八地獄〈地獄の最下層〉にぶち込んでやる」

「お助けを。どうか、お願いですから……」

「ふん。あんたは俺の髪をひっつかみ、数珠で叩きのめし、足蹴にしやがった。もう我慢ならない」

「お願いです。私が間違ってました。悪いのはこっちです。何かほしいものがあるのでしたら、何でも差し上げます。命だけは……お助けください」

「うわっはははは。俺は赤髪の怨霊だ。赤髪の怨霊だぞ。タムディンよ、命は助けてやろう。だがな……」

「どうか、お願いです……。何でもしますから」

「ははは。いいぞ。まずは五体投地〈神仏や高僧の前で行う全身を投げ出す形の最高の礼拝〉をしろ」

忍び寄る恐怖の中、みな命の危険を感じていた。

行者タムディンが五体投地をするざっざっという音と、額を床に打ちつけるごつごつという音が、何度も、何度も響いた……。

この恐ろしい劇が展開されている暗闇の中、人々はとても平静ではいられず、髪の毛が寒風にさらされているような感覚を覚え、体はしびれ、総毛立った。頼みの綱の行者タムディンが、苦しげな声を上げながら、「赤髪の怨霊」に五体投地をしている。そのざっざっという音を耳にして、人々の体からは、幾歳月も溜め込んでいたかのような、とてつもない量の汗がどっと噴き出した。

行者タムディンが五体投地を繰り返しているざっざっという音が繰り返し、繰り返し聞こえてくる……。

暗闇に包まれた家の中は隅々まで静まり返っている。人々の神経は張り詰めている。どれほどの時間が経っただろうか。突然、身の毛もよだつような声が再び響きわたった。

「はっはっはっは――へっへっへ――ほっほっほ――赤髪の怨霊も満足したぞ。ふん。だがまだ足りん」

「何でも仰せのままにいたします」行者のタムディンの声は力なかった。

「お前の財産の半分をだな……ははは……夜が明けたらすぐに村人たちに分け与えるのだ。さもないと明日の晩……へへ――ははは……」

「ははあ、仰せの通りにいたします」

「赤髪の怨霊は満足じゃ……ふん。だがまだ足りん。お前の家にはデツォという年頃の娘がいるだろう。娘の結婚はな、娘の思い通りにさせてやれ。さもないと……」

「ははあ、仰せの通りにいたします」その晩の出来事を知る者は、行者のタムディンと少数の村人のみに留まった。


朝になると、集落では見たこともない出来事が始まった。だが、いまだかつてない出来事に、誰もがいぶかしく思った。

行者タムディンは、汗を拭き拭き、カルモばあさんの家に向かった。カルモばあさんは行者タムディンが直々に訪ねてきたので、震え上がり、縮こまり、腰をかがめて迎え入れた。ばあさんは「いったいどんなお怒りを買ったのだろうか」と思って顔も上げられなかった。

「おお、カルモばあさん、今日はな、わしは村に施しをすることにした。あんたの息子に、施し物を取りに来るように伝えておくれ。必ず来てくれ」

行者タムディンはあたふたと去っていった。カルモばあさんは不思議でたまらず、奥にいる息子のもとへ行き、事情を話した。

「何だって？　施しだと……ははは。あの業突く張りがまた何を企んでるんだか」

「まったくだよ。でも行かないとどんなひどいことをされるかわかったもんじゃないよ」

「ふん。俺は行かない」

「お隣に訊いてみようかね。もしお隣さんが行くならあんたも行きなさい」

カルモばあさんは杖をついて隣のテンバ家に行った。テンバ家の家族も、たった今去っていった行者タムディンについて話しているところだった。そこへちょうどカルモばあさんがやってきたので、中へ迎え入れた。カルモばあさんは眉間にしわを寄せたまま、こう言った。

「ねえテンバ、行者様の話は本当なのかい？」

「さあ、知ったこっちゃないね。自分の懐からはびた一文出さないくせに。なんで急にこんなこと……」

「行かないと後でひどいことをされるに決まってるよ」

「そんなの何されたって構わないさ。おたくの息子を呼んできてくれ。ドゥクジャと二人で施しものを取りに行かせよう」

　行者タムディンの家の家畜囲いの中には、大勢の村人が集まってきていた。

「うちの息子のソナムの言うには、ナムジャ家の息子のジグメが病気になったのは赤髪の怨霊のせいだっていう話だ」

　この話題は囲いの中に集まった人々を震撼させた。

「おいおい、赤髪の怨霊が来てるっていうなら、この村も不幸から免れられないってわけか」

「いやはや……そういうことか。ジグメだって、さすがに逃れるすべはあるまい」

「おい、うちの息子のソナムの話じゃさ、今日のこの施しってのは……」

　人々の噂話がどんどんふくらんでいったちょうどそのとき、突然、行者タムディンの家から、涙で顔を濡らした若い娘が飛び出してきた。行者タムディンの娘、デツォだ。「赤髪の怨霊」の噂でもちきりだった人々は、ただでさえ怖気づいていたので、突然の出来事にたまげるばかりだった。子供たちも門を飛び出し、蜘蛛の子を散らすようにいなくなった。デツォは泣きじゃくりながらナムジャ家の方に走って行った。行者タムディンは追いかけて行くこともできず、足に枷でもかけられたかのように立ちすくんだまま、デツォの後ろ姿を見つめていた。「もしや赤髪の怨霊が……」行者は昨晩の出来事を思い出さずにいられなかった。「……明日の夜……へへ、ははは……」強烈な笑い声が何度も頭の中をこだました。

家畜囲いの中で行われた集会では、昨晩ナムジャ家で起きた、身の毛もよだつような出来事が洗いざらい語られて、村人たち全員の知るところとなった。

さまざまな思いが村人たちの脳裏に浮かび、あらゆる危険と災厄が「赤髪の怨霊」に置き換わっていった。こうして村人たちの間に、またたく間に噂となって広がったのである。


草原では、若いカップルがひしと抱き合っている。徐々に霧が晴れてきた。ゆったりとたゆたう高原の空気の中、山の野草や薬草の香りが鼻をくすぐる。そよ風が若い二人の声を運んでくる。デツォとジグメだ。

「顔の傷、父さんに数珠で叩かれたあとでしょ？　ひどいわ」

「こんな傷、たいしたことないさ。俺は命をかけても……」

「まあ、そんなこと言わないで。聞きたくない」

「じゃあ、物語でも一つどうかな」

「物語って何の？」

「赤髪の怨霊の物語さ」

空に浮かぶ雲、草原に咲く花々、光り輝く太陽、自然界のあらゆるものたちが、若者の語りと娘のほがらかな笑い声に耳を傾け、みんな一斉に笑った。その笑い声は山から谷へ、谷から山へとこだましていった。

（星泉　訳）

Ⅰ　まぼろしを見る　解説

「Ⅰ　まぼろしを見る」に収録された四篇の小説では各々の作家の視点から、境界のゆらぎの中でまぼろしを見た人々の姿が描かれている。現在でも土地神や魔物などの民間信仰が根づいているチベットにおいては、われわれが「まぼろし」とするようなものがリアリティをもって語られ、人々に共有されている。このまぼろしと現《うつつ》という交錯する二つの世界を作家たちがどのような手法で表現しているのかにも注目していただきたい。

◆……「人殺し」（ツェリン・ノルブ）

この作品の主人公はトラックを運転する一人の男である。男は偶然、車に乗せることになったカンパ（東チベット出身の男）が、十数年前に父親を殺した相手のもとに復讐を果たすべく向かっていることを知る。途中でカンパの男を降ろし、本来の目的地へと向かったものの、男がその後どうなったのか、復讐は果たせたのか気がかりでしかたない。帰り道、男を降ろした町を通りかかり思わずハンドルを切っていた主人公はその足跡をたどっているうちしだいに、カンパの男の復讐の物語の世界に入り込んでいく。男の視点とカンパの男の視点が交錯するだけでなく、茶館で出会った女と羊飼いの男の発話においてはそれが彼らの台詞なのか地の文なのかも不明瞭となる。さらに、小説の最後では、男が作品の著者と同じ名であることも明かされ、物語を語る側と語られる側の境界さえもあいまいとなっていく。また、本作は、ペマ・ツェテン監督の映画『轢《ひ》き殺された羊』の原作のひとつでもある（もうひとつの原作は監督自身による同名小説。邦訳は『風船　ペマ・ツェテン作品集』（春陽堂書店）所収）。なお、本作品の原文は漢語で書かれたものである。

◆……「カタカタカタ」（ツェラン・トンドゥプ）

ショートショートの名手でもあるツェラン・トンドゥプの掌編のひとつ。「カタカタカタ」という謎の音とともに、主人公の男は、雪の中で凍死した自分の死体を埋め、はたまた外国人の姿で太陽に接近し焼き殺されそうになるなど、立て続けに荒唐無稽な幻視に悩まされる。幻聴ともいえる音が場面転換のキューとなっている点では、太宰治の

「トカトントン」とも相似している。最後にはショートショートらしいオチも待ち受けている。ちなみに、「あっ」というのがチベット語の原題であるが、作品中で繰り返し鳴り響く「カタカタカタ」という音が印象的だったため、こちらを邦訳のタイトルとして採用した。

◆……「三代の夢」（タクブンジャ）

土地神の子であるグルゴン・ラヤク、その息子であるラキャプ、その娘であるホワルツォの三代の系譜を描いた「三代の夢」はタクブンジャの初期の代表作の一つである。設定のキーワードとなっている「土地神」とは、仏教伝来以前よりチベット人によって信仰され、その山域や集落を守護するとされる神霊のことである。土地神はもともと、実在した集落の長や戦死した英雄などに由来しており、死してのち魂が山に宿るようになったと考えられている。土地神の宿り場はラプツェと呼ばれ、村人たちはそこに立てられた柱を毎年交換する時に、また家の周辺で毎日行う焚き上げの際に山神の名を唱え豊穣と村の安全を祈願している。「三代の夢」では、この山神が寝床に現れ、女と交わるという異類婚姻譚（実際には婚姻はしていないが）から一族の物語が語られる。時系列を交錯させた語りをつなぎあわせたときに見えてくるのは、異なる時代を生きた三人の物語である。チベットの民間信仰の申し子ともいえる一代目のグルゴン・ラヤクが中華民国期のムスリム軍閥の侵攻に抵抗し、叙事詩に出てくる英雄のような生涯を送ったのに対し、その息子である二代目のラキャプは文化大革命の中で、民間信仰を批判する側の立場となる。三代目のホワルツォは富と権力を求め二十五歳年の離れた化身ラマと再婚を果たすが、不幸な結婚生活に終止符を打ち、財産分与でもめた末に命を絶つ。そして、彼女の父が死に追いやった村の長老が死に際に書き残した呪いを回収するかのように家系は途絶えてしまう。土着的な信仰の世界と、政治的動乱や経済至上主義の時代というより現実的な世界のギャップに驚く読者もいるかもしれないが、これはまさに作品が書かれた一九八九年までにチベット人たちが体験してきた社会的変化にほかならない。そして、この両極にある二つの世界を結びつけるために作家がとったのが「魔術的リアリズム」という文学手法である。民間信仰や民話的な語りが日常に息づいているという点においてチベットは南米と共通した文化的背景をもっており、一九八〇年代には、ガルシア・マルケスの作品とともに魔術的リアリズムがチベット人作家の間で注目されていた。本作品の語り手である「ぼく」が『百年の孤独』を読んでいるシーンが描かれていることからもそのことがうかがい知れる。非現実のできごとを現実と同じ地平で扱うこの文学手法を通じて、チベット人が実際に生きてきた社会的価値観の変化を表現することとが本作でも可能となっているのである。

◆……「**赤髪の怨霊**」（**リクデン・ジャンツォ**）

姿の見えぬ怨霊に恐れおののく村人を描いた作品である。新月の晩に、山間の村に突如「赤髪の怨霊」の声が響き渡る。そして、暗闇の中で怨霊と対峙した村の行者は恐れをなし、怨霊に言われた通りに娘の結婚を認めざるを得なくなる。しかし、ラストシーンで急に場面は明転し、草原が広がり睦まじく抱き合う男女の姿がクローズアップされる。女のほうは結婚を許された娘であることが明かされ、男の語りから怨霊の正体がほのめかされる。目に見えないものへの民衆の信心深さを逆手に取ったストーリー展開は、本書所収のツェラン・トンドゥプの短編「神降ろしは悪魔憑き」とも共通している。

（海老原志穂）

II

異界／境界を越える

屍鬼物語・銃

ペマ・ツェテン

《解説》屍鬼《しき》物語とは、インドの説話集『屍鬼二十五話』（ヴェーターラ・パンチャヴィンシャティカー）がチベットに伝来し、その枠組みにチベット土着の民話が組み込まれ、各地に流布したものである。その枠組みとはこうである。ある王が、とある聖者と約束を交わし、屍陀林《しだりん》という墓場の木にぶらさがっている屍《しかばね》を、その屍に話しかけられても一切口をきかずに聖者のもとへ届けることになった。王が墓場から屍を運び出すと、その屍に取り憑いている屍鬼が実に魅力的な物語を語って聞かせるので、王はつい聞き入ってしまう。しかし屍鬼に問答をしかけられた王がうっかり口をきいてしまうと、屍はあっという間に墓場に舞い戻ってしまう。それで仕方なく、王は再び墓地に戻り、屍を運び出すのだが、くだんの屍鬼が王に再び面白い物語を語り出し……と延々ループしていく枠組みである。チベット版の屍鬼物語では、「聖者」に相当するのが師匠ルドゥプ・ニンボ、「王」に相当するのが若者デチュー・サンボ（二人兄弟で兄がいる）、「屍鬼」は屍鬼ングートゥプチェンである。本作品の著者ペマ・ツェテンは、幼い頃から慣れ親しみ、大好きだったというこの物語を踏まえ、新しい屍鬼物語を展開してみせる。冒頭の語り出しの部分では、チベット版の伝統的な屍鬼物語の語り口がそっくりそのまま使われている。

◇ペマ・ツェテン　པདྨ་ཚེ་བརྟན།　万瑪才旦
1969年、中国青海省海南チベット族自治州貴徳県の半農半牧村に生まれる。チベット語と中国語の二言語で創作を行う小説家であり、またチベット語母語映画の創始者とされ、数々の国際映画祭で受賞歴のある映画監督でもある。小説もフランス、韓国、アメリカを始め世界各国で翻訳されている。2013年には『ティメー・クンデンを探して』（勉誠出版）、2020年には『風船』（春陽堂書店）の二つの邦訳作品集が刊行されている。

さて、デチュー・サンボが口を滑らせてしまったので、屍鬼ングートゥプチェンは再び屍陀林の墓地に舞い戻ってしまった。デチュー・サンボはつい口を滑らせてしまったのは自業自得だと思って後悔の念を抱きつつ、今一度墓場に戻った。するといろんな大きさの屍鬼が「おいらを運んでおくれよ、おいらを運んでおくれよ」と呼びかけてきた。デチュー・サンボがまじないの言葉を唱え続け、呪いの言葉を発すると、屍鬼たちはばたばたと倒れていった。ところがングートゥプチェンだけは倒れずにマンゴーの木の梢によじのぼり、「おいらは運ぶな、おいらは運ぶな」と言った。デチュー・サンボは白月の斧で木を切り倒す真似をしながら、こんな大口を叩いてみせた。「俺の師匠は聖者ルドゥプ・ニンボ様だ。師匠にいただいた白月の斧に、いくら食べても尽きないマルセン〈麦焦がしとバターで作ったケーキ〉、いくらでも入るまだらの革袋、何でも縛れるまだらの縄を持っている。俺はデチュー・サンボだ。屍鬼よ、下りないならば木を伐るぞ」と言った。すると屍鬼ングートゥプチェンは「木は伐るな、おいらが下りる」と言って木の梢から下りてきた。デチュー・サンボは屍鬼を空っぽの革袋の中に入れ、縄で縛ると、心の中で「このしかばね野郎が物語を語り出すとすっかり魅入られてしまう。今回は口を滑らせないようにしっかりしないとな。このしかばね野郎を師匠のルドゥプ様のもとに何としてもお届けしないと」と決意を固めた。

デチュー・サンボは屍鬼ングートゥプチェンを背負い、息を切らしながら、前と同じように足を踏みしめつつ歩いていった。道中、いくら食べても尽きないマルセンを、一口分ちぎってまるめては口に放り込み、口を開く暇もないようにした。この方法ならしかばね野郎に負けないぞと思った。

しばらく行ったところで、屍鬼ングートゥプチェンは「おい、日も長いし、疲れたな。長い道のりは馬で行った方がいいが、馬はおまえさんにもないしおいらにもない。そうでなけりゃ長い道のりは語りで乗り切るのがいい。物語ならおまえさんも語れるし、おいらも語れる。おまえさんが物語を語っておいらが聞くか、あるいはおいらが物語を語っておまえさんが聞くかどっちにするかね」と言った。

デチュー・サンボは師匠のルドゥプの言っていたことを思い出し、一切返事もせずに、うなだれたまま歩き続けた。

屍鬼ングートゥプチェンはデチュー・サンボがうなだれて何も言わないので、「ほう、おまえさんが口をきけないなら、おいらが物語を話してやるからおまえさんは聞いておけ」と言った。

デチュー・サンボは心の中で「このしかばね野郎が」と悪態をつくと、一言も発さずにうなだれたまま歩き続けた。

屍鬼ングートゥプチェンーもデチュー・サンボに返事をしろと迫ることもせずに物語を語り始めた。

「今まで語った物語はすべて昔むかしの出来事だったから、今度は未来に起こる出来事について話してやろう」

デチュー・サンボはその話を聞いて「このしかばね野郎はいったいどうして未来に起きる出来事がわかるんだろう」と訝しく思った。

屍鬼ングートゥプチェンは引き続き語りだした。

「将来、あるところに若者が現れるんだ。その若者の名前はニャンメ《名なし》という。ニャンメの両親には三人の息子が次々と生まれるが、死神の手から逃れられず死んでしまう。息子が生まれて、ラマの御前でこの名前をもらって幸せを祈願するんだ。

ニャンメの家は村の中でも裕福な家でな。家には息子一人しかいないから、両親は息子が小さい頃から甘やかすんだな。ニャンメも家が裕福なもんだから、やりたい放題、村での評判も芳しくない。小さい頃からニャンメにとって好きなことは二つだけ。さいころ博打《ばくち》と狩りだ。

博打仲間は村の金持ちの息子ばかり。ニャンメは十八歳になると、家の財産の半分を博打で失うことになる。この連中の博打のやり方は変わっていてね。村の焚き上げ台で焚き上げをして、ほら貝を吹いて最終的な勝敗を決めるんだ。ほら貝を一番長く吹けた者が勝ちというね。そんな博打のやり方は村の老人たちの目に余り、神やラマや三宝に対して不信心がすぎると小言を言われる始末。しかし誰にも彼らのやり方を止めることはできない。ニャンメはぶくぶくと太っていく。いつも少し歩いただけでぜえぜえ息切れしてしまう。それで対決をしても負けることが増えてくるんだな。でも、ニャンメは博打で負けても大胆になるばかり。むしろ以前よりも貪欲になっていく。いつもほら貝を吹いて最終的な勝敗を決すると、金持ちの息子たちが意気揚々と狩りに出かけるんだ。村の両側には岩山がそびえていてね。山の斜面にはいろいろな植物が生えている。その中にはバーラルや狐、うさぎなどの野生動物がたくさん暮らしている。村の狩人たちはいつもそこに狩りに出かけるんだ。村の前方にある高すぎも険しすぎもしない山があるんだが、それが村の土地神ニェンの宿るニェンリ山だ。その山の頂には麝香鹿《じゃこうじか》が十頭いるんだが、みんな土地神に飼われている動物だ。村人たちがバーラルやうさぎをしとめて村へ帰って行くときも、ニェンリ山の麝香鹿はのんびりと青草を食んでるもんだよ。狩人たちが側に寄って行っても気づきもしないんだ。

金持ちの息子たちは山に狩りに行くときは一人ずつ銃を持っていく。銃があれば野生動物の狩りは非常に手軽だからね。弾が当たった動物は死を免れるすべはまずない。なあ、デチュー・サンボ、銃ってどんなものか知ってるか？」

屍鬼ングートゥプチェンは語りを中断して、デチュー・サンボがうっかりしゃべってしまうのを待った。

だがデチュー・サンボは実に慎重だった。心の中で「このしかばね野郎め」と毒づき、振り返ってにらみつけると、「おまえが何を言っても絶対にしゃべらないぞ」と決意を新たにした。屍鬼ングートゥプチェンはデチュー・サンボが口を滑らすのを待っていたが、デチュー・サンボは怒りのまなざしで振り向いて、背中の革袋の中にいる屍鬼ングートゥブ・チェンに肘鉄を食らわせると、そのままずんずん歩いていった。屍鬼ングートゥプチェンはしばらくするとデチュー・サンボが口を開きそうにないのを悟って、そのまま話を続けた。

「ニャンメが十九歳になると、家の財産はほとんど博打で失ってしまう。両親は心配のあまり、髪の毛も真っ白になっちまう。二人はなんとか手を尽くして息子の博打をやめさせようとするが、どうにもならない。後にニャンメの父親と義兄弟の契を交わした友人が自分の娘を連れてきて、『義兄弟のおまえの家がこうしてみるみる落ちぶれていくのは忍びない。今日はうちの可愛い娘を義兄弟のおまえの息子に嫁にやることにしたよ。妻がいればおまえのところの息子も少しはものを考えるかもしれん』と言うと、ニャンメの両親はたいそう感動して、何とお礼を言ったらいいかもわからなくなる。誓いを交わしたあと、老いた両親はニャンメを呼ぶと、義兄弟の娘を見せて、『今日からこの子がおまえの嫁さんだよ。これからまっとうな道を進みなさい』と言うんだ。ニャンメは娘のことをちらりと見るや、美しい娘だとわかって笑顔で承諾するんだ。

老いた両親は村の占い師のところに、結婚式の日取りを相談しに行く。すると、占い師は顔をしかめてこう言う。『おたくの息子は十回結婚しても、あの悪い癖はなくなりゃしません。いつか家の財産をすっからかんにして、身を滅ぼすことになるでしょうな。でもおたくの家はいずれ息子が継ぐことになる』と言うんだ。

老いた両親はよき日を選んで息子のために結婚式を挙げる。ニャンメの妻の名前はニマ・ラモといって、美しいうえに家事もよくできる娘でね。ニマ・ラモは自分の優しさと愛情で夫の行動を変えようと思うんだが、彼女の思い通りにはならない。彼女の精一杯の愛情をもってしても、夫を変えることはかなわない。一か月もすると、ニャンメは妻に対する関心を失ってしまう。でも、新婚一か月の間にニャンメは妻の肉体という畑地に家系の種を蒔いておいたんだな。ところがニャンメはまたしても博打にかまけて抜けられなくなる。結婚してからニャンメの体はさらにぶくぶくと太り続ける。もともと博打を打っても負けを喫することは多かったけれども、負けっぷりはますますひどくなっていく。ニャンメが二十歳になったときには、博打に負け続けたせいで、身一つと家以外すべて失ってしまう。その年、ニマ・ラモには息子が生まれる。ニャンメの両親はラマにも頼まずに孫にレーゲン《悪業》と名付け、孫の生まれた嬉しさとともに悲しみを味わうことになる。何か月か経つと、老いた両親は相次いであの世に旅立ってしまう。息子が生まれたところでニャンメの心にはたいした喜びも湧かなかったし、両親が亡くなっても悲しみすら覚えない。ニャンメは何も考えずに両親が残してくれた土地も家も他人に売ってしまうんだ。言うまでもないことだが、彼は土地と家を売ったお金も徐々に博打で失ってしまう。そのうち博打仲間にも相手にしてもらえなくなり、仲間はずれにされてしまう。最後には博打仲間の前でひざまずいて、一度でいいから博打を打たせてほしいと何度もせがむ。博打仲間はそんな姿を見て、ニャンメのことを馬鹿にしてこう言う。『おまえが勝ったら土地も家も返してやるよ。だがおまえが負けたらなにで払うつもりだ』ニャンメはそう詰問されると、口をぽかんと開けて目を見開いたまま、顔を赤くして黙り込んでしまう。すると脳裏に妻のニマ・ラモと息子のレーゲンの姿が思い浮かんだので、何の疑問も持たずに嬉々として『妻と息子を差し出すことを誓おう』と言う。博打仲間は『ははは』と笑って、ニャンメの顔を指さして、『長年の博打仲間としての顔を立てて一度だけ機会を与えてやろう。おまえんとこの嫁さんの美貌はまだ衰えてないし、誓うっていうならそれは断ることもない。差し出されてもはなたれ息子一人じゃどうしようもないがな』と嘲笑う。こうして特別な博打が始まるんだ。

焚き上げをしたあと、ニャンメと金持ちの息子の一人がみんなの立ち会いのもと、ほら貝を吹き始める。ニャンメは全力で三十分もの間ほら貝を吹き続ける。顔も首もみんな真っ赤になり、目玉も飛び出して、涙までこぼれてくる。博打仲間の金持ちの息子もニャンメ同様必死でほら貝を吹いている。結局ニャンメは力尽きてほら貝を放り出し、ばったり倒れて意識を失ってしまう。ニャンメが倒れてからほどなくして、金持ちの息子もほら貝を放り出して、ばったり倒れて意識を失う。これで妻のニマ・ラモと息子のレーゲンは博打仲間に連れ去られることになる。ニャンメはそのときになってようやく、何ともいえない空虚な感覚を覚える。でもやがて、博打を打つ前には感じたことのなかった虚ろな感覚も消え去り、今度は何とも言いようのない怒りが湧いてくるんだ。ニャンメはあたりを見回すと、怒りとともに地面に置いてあった銃を手に取る。ニャンメは銃だけは手放さずに持ってるんだよ。ニャンメは妻と幼い息子を連れ去った博打仲間のあとを追うこともせず、銃を背負って狩りに出かける。ニャンメは狩りをすることで、心の中に燃えさかる烈火のごとき怒りを抑えつけようとするんだ。村の右側の山の麓を通って行くと、村の前に聳えるニェンリ山の麓のあたりで、麝香鹿が何頭か、のんびりと草を食んでいるのを目にする。ニャンメはふと麝香が高価であることを思い出し、行く先を変えてニェンリ山に向かうんだ。ニェンリ山の麓に到着すると、麝香鹿は相変わらずのんびりと草を食んでいて、ニャンメの方を見ることもしない。ここまできてようやく、ニャンメはこの麝香鹿たちが土地神様の飼っている生き物だということを思い出すんだな。長老たちは、その麝香鹿に悪さをしようと企んだ者にはほどなくして悪いことが降りかかると言う。ニャンメは怖くなって、思わず立ちすくむ。どうしたらいいかわからず立ち止まる。そのとき低い声が耳に聞こえてくる。『行けよ。前に進むんだ。麝香鹿を一頭しとめればおまえはあらゆるものを手に入れられるぞ』その声が止むと、また別の声が聞こえてくる。『銃を置け。帰れ』ニャンメは進むことも退くこともできなくなる。その場に立ち尽くしたまま何もしない。前にいる麝香鹿が首をもたげてニャンメの方をちらりと見ると、近づいてくるんだ。そのときニャンメの耳に二つの声が交互に聞こえてくる。徐々に最初に聞こえた声がニャンメの心を操るようになる。ゆっくりと近づいてくる麝香鹿を見つめると、うつ伏せになり、銃を持ち上げる。ゆっくりと銃を麝香鹿に向けると、ニャンメの目の前に三人の人物が次々と姿を現すんだ。最初は白髪の老人、それからしかめっ面をして牙をむき出しにした女、最後に上半身が肉食動物で下半身が人間の人物だ。汗が目に入り、ニャンメの視界はぼんやりとしてしまう。両手も汗でじっとりと湿り、銃をしっかり構えていることもできなくなる。その幻影は数分間も続くんだ。ニャンメは心では麝香鹿をしとめようという考えを引っ込めたいんだが、自分の指を操ることもできなくなる。とそのとき、バーンという恐ろしい音とともに、すべてが終わる。目の前の麝香鹿たちは散り散りに逃げ、ニャンメは倒れてしまうんだ。ニャンメの額の真ん中には銃口と同じ大きさの穴が開いて、真っ赤な血がどくどくと流れていく」

屍鬼ングートゥプチェンは、ここまで語ったところで話すのをやめ、デチュー・サンボが口を滑らせるのを待った。デチュー・サンボは何と凄まじい物語だろうとすっかり魅了されていた。「それにしてもニャンメの額の穴はどうやって開いたんだろう」という疑問が浮かんだけれども、その瞬間、これは屍鬼ングートゥプチェンの罠だと気づいた。結局デチュー・サンボは一言も口を滑らせることなく、まんまとやりおおせてほくほくしていた。その一方で、屍鬼ングートゥプチェンが再び語り出して、疑問を解消してくれることを願っていた。屍鬼ングートゥプチェンもデチュー・サンボが何か考えていることを悟って黙っていた。しばらくの間、どちらからも何も言わなかった。しばらくするうちに、デチュー・サンボは別のことを考えはじめた。心にふと浮かんだのは正直者の兄のセルチェーのことだった。兄のことが気になって「兄さんは元気にしてるだろうか。兄さんは一人で大変な思いをしながらなんとか暮らしているんだろうか」と思った。そう思うと同時に恨み節がふつふつと浮かんできた。「もし兄さんが白い駿馬に化けた俺を魔術師の七人兄弟に売ったりしてなきゃ、今ごろ俺もこんな苦労をしなくてすんだはずなのに。俺たち兄弟だって離ればなれにならなくてすんだのに……」〈屍鬼物語の冒頭のエピソード〉

とそのとき、屍鬼ングートゥプチェンが物語の続きを語り始めた。

「それからニャンメが当然の報いを受けたという噂が風のごとく駆け巡ってね。人々はこの件について話し合って、やっぱり土地神様の飼っている生き物に悪巧みをしようとした報いなんだという結論に達するんだ。

ニャンメが死んでしまったあと、博打仲間たちはニマ・ラモと息子のレーゲンの二人を解放する。そこからは、ニマ・ラモと息子の苦しい生活が始まることになる。

レーゲンはニマ・ラモに大事に育てられ、成長して青年になる。ニマ・ラモはありったけの望みをレーゲンに託すんだが、レーゲンは期待に反して父のニャンメと同じように博打にのめり込んでいく。いつも博打を打っては、細々とした戦利品を家に持ち帰ってくるんだ。ニマ・ラモは毎日ため息をついて、これは前世の悪業の報いなのだと思うようになる。息子のレーゲンは、博打の方面では、父のニャンメと違って特別な能力を持っている。博打を打つたびに勝利を収め、ほとんど負け知らずだ。しかしニマ・ラモは息子の戦利品を見るたびに、不安な気持ちになる。

レーゲンと博打仲間の博打の打ち方は先祖代々のやり方と違ってまったく新しいものでね。連中はトランプで博打を打つんだ。その新しい博打のやり方をレーゲンはよく心得ている。興が乗ってくればレーゲンは三日三晩寝ずに博打を打ち続けることができる。博打を打っていると母のニマ・ラモのことはすっかり忘れてしまう。

長い間生活苦にあえいだニマ・ラモはついに病に斃《たお》れてしまう。博打にうつつを抜かしているレーゲンは、母のことは見て見ぬ振りをしている。ニマ・ラモは、病がどんどん重くなり、病床に臥せるようになる。すると、悲しみの感情が泉のごとく湧き出てきて、涙となって溢れ出す。自分ほど悪いカルマをもった人間はどこにいるだろうかと思い、悲しみのあまりおいおいと泣き崩れる。

レーゲンはニマ・ラモにどんなに諌められても気にも留めず、毎度母親に毒づく始末だ。結局ニマ・ラモは諦めて、占い師のもとに占ってもらいに行く。占い師はしばらく目を閉じてから、ゆっくりと口を開く。『息子さんをすぐに改心させるのは難しいでしょうな。でもそのうち額に黒々としたあざが現れるでしょう。そうなったら必ず改心しますよ』と言う。ニマ・ラモは占い師の話を聞いて大喜び。それからというもの、毎日息子の額にあざが出ていないかどうか確認するようになる。一年が過ぎ、二年が経ち、三年が経過しても、彼女の期待するあざは息子のレーゲンの額に現れない。それどころか、レーゲンはますます博打にのめり込んでいくばかり。

それから、ニマ・ラモは病気がどんどん重くなり、ほとんど寝たきりになってしまう。まもなく正月というとき、急に寒気が訪れる。寒風が絶え間なく吹きすさぶある日のこと、ニマ・ラモは病に臥せったまま、レーゲンが早く帰ってきて正月の仕度をしてくれないかと願っていた。でもレーゲンは三日間も家に帰ってきていない。大晦日になると、レーゲンは若者たち何人かで原っぱに集まってトランプに興じだす。日が暮れても誰も帰る気配がない。彼らは電灯を点けて引き続きトランプに興じている。薄明るい灯りのもと、お互いの顔も次第にぼんやりとしてよく見えなくなってくる。そこへ不思議な光が差す。時折寒風が枯れ草や土埃を巻き上げながら吹きつけてくると、みんなぺっぺっとつばを吐く。それでも手を止めることなく博打を打っている。日がとっぷりと暮れると、彼らの中の一人がレーゲンの顔を見て、『おい、おまえの額に黒いあざがあるぞ』と言う。他の者たちも電灯をかかげて不思議そうにレーゲンの額を覗き込むと何やらつぶやいている。そのときレーゲン自身も、自分の体になんとも言いようのない変化が起きているのを感じる。レーゲンは慌てて手にもっていたトランプを打ち捨て、両目をしばたたかせ、立ち上がると、びっくりしたような顔で遠くを見つめている。レーゲンはそのうち自分の母親が病に臥せっていることを思い出す。それで全速力で自分の家に走って帰るんだ。

家に着くと、母の痩せ細った顔を見て、涙を流す。レーゲンは大声でわんわん泣きながら、『母さん、これまでぼくは何にもわかってなかった。許してくれ』と言い出すんだ。ニマ・ラモはその言葉を聞いて、信じられなくて、思わず体を起こして息子の顔を見つめる。そのとき息子の額に黒々としたあざがあるのを見つけてにっこりとする。それから両手を合わせ、神やラマや三宝に何度も祈りを捧げ、感謝の意を伝える。レーゲンはすぐさま母親を寝床から抱き上げて背負うと、村医者のもとに連れて行く。医者の家族は全員で大晦日の夕食をとって、休もうとしている。そこへレーゲンが母親をおぶってやってきたので、村医者の家族はみんなして驚いて、目を見開いてレーゲンのことを見つめる。レーゲンは申し訳なさそうに、母親を診てほしいと頼む。医者はレーゲンの額の黒いあざを見て、やれやれという口調で『おやおや、何だい、不思議だね。おまえさんの額の黒いあざはまったく妙なもんだ』と言う。医者の家族もみな不思議そうにレーゲンの額を見つめる。医者がニマ・ラモの手を取ってしばらく脈診をしたあと、医者は悲しそうな声で『お母さんは重い病気にかかってる。薬を飲ませるなら麝香が必要なんだが、あいにくうちにはないから麝香を探してくるといい』と言う。この話を聞いて、レーゲンは心配になり、『乞食同然の俺にどうやって高価な麝香を手に入れられるっていうんだ』と思う。

母親を背負って家に帰る途中、どうにも落ち着かず、なんとかして麝香を手にいれようと考えをめぐらせる。家に着くと、ニマ・ラモは慰めるように『思い悩むことはないさ。こうやって一緒に正月が迎えられれことほど幸せなことはないよ。あたしらはもう長いこと一緒にいい正月を迎えたこともないんだから』と言う。レーゲンは母の顔を見つめて笑うと、『来年も一緒に年を越そう。母さんはまず病気を治さないと』と言って、一晩中一睡もせず、母親を看病する。

夜明け間近になって、レーゲンは突然村の前の山に麝香鹿がいることを思い出すんだな。でもそう思った瞬間、土地神様の飼っている生き物だということも思い出し、悪いことをすれば報復されるに違いないと思って、恐ろしくなる。でも母の病気を直すためにはどうしても麝香が必要だと思うと恐怖心は消え失せる。そうして、母が眠っている間に父の形見の銃を背負って出かける。

夜明け間近、正月一日の空気はとても冷たい。村の子供たちは寒さにめげることなく家を一軒一軒訪ねて正月のあいさつをしている。レーゲンは正月一日に殺生《せっしょう》という悪い行いをおかしてはいけないことはわかっていたけれども、他にどうしようもない。レーゲンの頭には病に臥せっている母親のことしかないからね。銃を担いで寒風吹きすさぶなか、ずんずん歩いていく。何年も放置していたので銃は輝きを失っている。二発分しかない弾を銃に仕込むと、銃の奥の方からカチッと音がする。銃の腕前に不安はない。その銃で必ずや麝香鹿をしとめるんだと決意を固めて歩んでいく。

夜がすっかり明ける頃、レーゲンは山に着く。目の前に一頭の麝香鹿が寝そべっているのが目に入るんだな。立ったままじっと見つめていると、麝香鹿もこちらを見る。今度はゆっくりと銃を構える。しかし再び恐怖心が襲ってくる。誰かが言っていた、父さんの死に際の姿も脳裏に浮かんでくる。銃を構える両の手がぶるぶると震えだす。額は汗でびっしょりになる。手の甲で額の汗を拭うと、息も絶え絶えになって銃を地面に放り出す。それと同時に母のやせ細った姿が目にありありと浮かび、思わず銃を手にとり、麝香鹿に狙いを定める。すると父親の死に際の姿と母の痩せ細った姿が交互に浮かんできて、どうしたらいいかわからなくなる。額の汗が垂れて目に入り、視界がぼんやりとしてしまい、両手も汗でぐっしょりと濡れ、銃をしっかりと掴むこともできないほどになる。とそのとき、身の毛もよだつようなパーンという音が響く。その瞬間、レーゲンの脳裏には死がよぎり、自分の意識が中有《ちゅうう》〈人の死後、次の生を受けるまでの間の状態〉をさまよっているような気がする。肩に痛みのようなものを感じ、手をやって触れてみると、自分がまだ生きているのに気づく。思わず顔を上げて前を見ると、麝香が倒れたまま身動きもしないでいるのが見えるんだ。それから徐々に、自分の持っていた銃が地面に落ちて、部品もばらばらになって地面に散らばっている。あたりには鼻をつくような匂いが立ち込めている。レーゲンはあちこちに散らばっている銃の部品を見回してから、『おまえ、何のためにこんな力を蓄えていたんだよ』とひとりごちるのさ」

ここまで屍鬼がしゃべったところで、すっかり物語に引きこまれていたデチュー・サンボは、師匠ルドゥプの教えも自分の過去に経験した苦しみもすっかり忘れて、「銃っていうけど、正体はいったい何だったんだ？」と尋ねてしまった。

屍鬼ングートゥプチェンは「運の尽きたおしゃべりさん、またやっちまったな」と言うと、びゅーんと屍陀林の墓場に舞い戻ってしまったのである。

（星泉　訳）

閻魔への訴え

エ・ニマ・ツェリン

◇エ・ニマ・ツェリン

ཨེ་ཉི་མ་ཚེ་རིང་། 艾・尼瑪次仁

1981年、中国チベット自治区山南市チュスム県に生まれる。テレビ局で翻訳に従事した経験があり、これまでに小説、作詞、脚本、テレビドラマなどの作品を数多く手がけてきた。作品集に『石と生命』『百年の予言』など。チベット新時代文学賞、民族文学年末小説賞、ヤルルン文学賞など受賞多数。エバツァン民族文化伝播有限公司を運営する実業家でもある。

昏《くら》い闇に覆われた大地に吹雪が逆巻き、凍るような風が吹きつけ、矢じりに貫かれるより痛く体に突き刺さる。

その日、人の世へとつながる薄明かりの道から、大勢の死者の魂が閻魔大王の職場に押し寄せてきた。まわりを固める大勢の獄卒たちもそれを押し留めることができず、死者たちはそのまま裁判所になだれこんで来た。

閻魔大王は怒り心頭、拳で机をどんと叩き、「お前たち、罪もないからと、親切心からわざわざ人の世に送り返してやったというのに、またしてもわしの職場に大挙してなだれ込んでくるとはいったいどういう了見だ」といら立ちの色もあらわに怒鳴りつけた。すると、群衆の中から目を失った死者が前に進み出て、こう発言した。「大王様、私どもは人の身体への執着をすっかりなくしてしまったんです。もともと私は人の世にあったとき、ものごとを順序だてて考える人間で、人の身体はとても得難く、大切なものだと理解していました。ところが、ある種の連中は仏法僧の三宝を貴《とうと》ぶどころか、恥も外聞もなんのその、ただ自分の利益ばかり追い求めている。そんな様子を目のあたりにして、その実態を暴いたところ、奴らの怒りをかい、両眼をえぐられ、このように死出の道を歩む羽目になったのです。再び人の世に戻ったところで、あいつらが前と同じく傍若無人にふるまっている姿を目にするだけ、そんなもの見たくもない。再び人に生まれ変わっても嬉しくもなんともないんです。それならいっそのこと、私を小鳥にしてください」と訴えたので、閻魔大王はしばらく頭を抱え込んでしまった。獄卒たちも互いにちらちら視線を交わしながら、一言も発しようとしない。

するとまたしても死者の群れのなかから、舌のない、つつましげな者が前に出てきて、つかえつかえ、こう言い出した。「あ……あの人の言ったことは本、本当です。みな嘘ばかりつ、ついていて、わ、私が……本、本当のことを口にしたら、舌を切られました……、も、もう……人の身体なんて欲しくないです。それより、く、草か、あるいは水の潤沢な地に遊ぶ鹿に生まれ変わらせてください」

この発言が終わりもしないうちに、あたかも荒野に砲弾でも発射されたかのように、死者たちがどっとざわめき始めた。皆が口々に「私たちはもう人になんか生まれ変わりたくないんです。人になっても何ひとつ自由なぞないんですから」と叫んでいる。

閻魔大王はしばらく玉座の上で凍りついていたが、そのうち両手で頭をかきむしり、すっか

り混乱した様子で、

「おい、獄卒サソリ頭、これはいったいどういうわけだ。事態がこんなことになってるのに、調べもついてなかったのは、いったいどういうわけだ」と聞くと、獄卒のサソリ頭もうなだれて、すすり泣きながら「本当のことを申し上げますと、最近の人の世では科学がいたく進歩いたしまして、やつらの秘密を暴こうにも昔とは比較にならないほど大変なんです。それだけでなく、昨今の人の世のありさまときたら、それがすっかり恒常化しておりまして、今や柱をたおせば、梁《はり》も桁《けた》も崩れ落ちてくる、そんなありさまです」

その場にいた死者たちはすっかりおちついた様子となり、獄卒サソリ頭が人の世の罪業をあらいざらい暴くにつれ、閻魔大王の顔色が変わっていく様子をじっと見つめていた。

と、群衆のなかからざわめきが起きたかと思うと、異形のものの群れが部屋の中になだれ込んできて、口々に訴えた。「私たちは無実の罪をきせられたんだ。なんら罪はないんだ」ここにいたって、閻魔大王はしばらく茫然自失のありさまで、「いったいどういうことだ……お前たちもまた人に生まれ変わりたくはないのか?」と尋ねると、集団のなかから、頭にはサソリの角、身体には虫の脚、全身魚のうろこにびっしりと覆われたものが、臭い鼻汁をずるずるいわせながら、「私どもは何も悪くないのに罪をきせられたんです。私どもに人の身体も与えずに、こんな得体のしれない身体を寄こすなんて、いったいどういう了見なんです。まだ人の世にやり残したことが沢山あるというのに。人の世と比べると、ここには自由もないし、平等もへったくれもない」と訴えた。

その他の異形のものたちも、口をそろえて「私たちは無辜《むこ》の罪人だ。罪もないのに罪をきせられた」と叫び始めた。

地獄の裁きの場が、時をおなじくして相反する要求を掲げるふたつの死者の集団に占拠され、閻魔大王も獄卒たちも頭を抱え込んでしまった。

閻魔大王はあわてて、浄玻璃鏡《じょうはりのかがみ》をひきよせたが、これまたとっくの昔に人間界のコンピューターウイルスに感染しており、使い物にならなくなっていた。

閻魔大王は万策尽きたおももちで、「もうこうなったら、お前たち、自分が望むようにするがよい」と宣言した。異形のものたちは欣喜雀躍《きんきじゃくやく》、喜びの声をあげながら人の世に戻っていった。それ以外のつつましやかな死者たちは、人としての知性を失い、小鳥や鹿の身体に生まれ変わっていった。

それからというもの、地獄と人の世をつなぐ道は厳重に秘されるようになり、閻魔の裁きの場にも人の世の極悪非道の惨憺《さんたん》たるありさまを知るものは誰ひとりいなくなり、世にあって暴君はいつでも暴君のまま、弱いものは常に虐げられたまま取り残されるようになりましたとさ。

（三浦順子　訳）

犬になった男

エ・ニマ・ツェリン

※略歴は一〇四頁を参照

荒れ狂う嵐と大雨のせいで天も地も昏い闇につつまれたその日、人の世という石ころだらけの荒地から、怯えきった孤独な一つの魂が慌てふためきやってくる。まるでハヤブサに追われる小鳥のようだ。

蛍の光に照らされた洞窟を思わせる薄暗がりの世界にあって、いずこかに留まろうにも、風に吹きとばされたタンポポのよう、そこには家族も、親しい友達も誰一人いない。俺はいったい誰に追われてこんなあわただしい場所に来てしまったんだろう。

不意に猛々しい風が巻き起こった。まるで、千頭のドラゴンが一斉に猛々しく雄たけびを上げたかのようだった。またしても恐怖に襲われた男の魂は、なすすべもなく、夢中で逃げ込める場所を探し求めた。岩山という岩山が一斉に蠢《うごめ》きはじめ、頭上から落下してくる。周囲の大地はことごとく猛火につつまれていた。四方八方から「殺れ、やっちまえ」「殴れ、打ち据えろ」という声が聞こえ、怯えきった泣き声や悲鳴があたりに響き渡った。

惑える自分のために、何がなんでも拠り所となるような肉体を見つけなくては。そんな必死な思いに駆られるうち、ふと気づくと、ごく近くで、六道輪廻のいきものの雄と雌が――それがなんであるかは判別しがたいものがあったのだが――交わっているではないか。死者の意識はあわてて雄の方の頭頂部に入りこんだ。そのまま雄の男性器の先端から外に出て、女性器の中に入る。精子と卵子が合体した中に死者の意識が入り込むとともに、子宮に着地した。

どのくらいの時が経ったか定かではないが、ここにきてようやく死者の意識はほっとくつろぎ、安心してそのまま深い眠りの中に落ちていった。その眠りの深さときたら、全身麻酔でもかけられたかのよう、そのまま目覚めることのない夢幻の世界にさまよいこんでいった。と、その時だった。天地も顚倒《てんとう》せんばかりのひどい揺れと轟音とともに、男は光の中へ、希望に満ちた浄土へとたどり着いたのである。

男は目の前の三階建ての豪勢な建物を眺めた。なかなか裕福そうな家ではある。そして何か柔らかくすべらかなものが頭を撫でまわしていた。ああ、ラモ……。愛しい妻のことはまだ記憶にあるようだ。ところが、恐る恐る見上げると、なんとかつての自宅の中庭の石に鎖でつながれていた雌犬に頭を舐めまわされているではないか。

なんてことだ。俺ときたら成犬より小さいじゃないか。またへんちくりんな夢の中にでも入りこんでしまったのか。みっちりと濃い毛で覆われた身体が、濃厚な酒麹に酔っぱらったかのようにひくひく動いている。男はその時はじめて自分が仔犬になっていることに気づいた。これは夢か、はたまたうつつなのか。俺はこれまでこの家のためを思って、北の塩は南に、南の商品は北へと運び、冬の雪にも夏の雨にも負けず、飢えと渇きに苦しむ狼よろしく、わずかな利益でも追い求めて東奔西走してきた。他人様からの批判も公平正直もなんのその、中国で買い付けたものは十倍の値段をつけてチベットで売りさばくあざとい商売をし、大切な身内は肥え太らせ、息のかかった者や下僕は飢えさせない。富はめったなことでは手放さず、身内や配下のものを守ることに長け、富も権力も欲しいまま。その地にあって、下々のものは踏みにじり、上のものからは富をかすめ取る。お大尽様として世に知られ、皆からこぞって褒めたたえられ、おべっかを言われてきたこの俺が今や自宅のしがない番犬になりはてたとはどういうわけだ。かっとなった彼の口からえらそうなうなり声が漏れた。

大聖人ミラレパは、

「外の世界がことごとく敵の姿をとってあらわれ、心は怒りと悪意にかき乱される
犬に生まれ変わった罪人は、飢えの苦しみに苛《さいな》まれ、煩悩の疼痛《とうつう》は鎮まることを知らない」

と詠じたが、その宗教詩を地でいくような羽目にどうして陥ってしまったのだろう？

それもこれもカルマのせいだ。こんな憂き目に遭い、憐れむべき畜生になりはてても、ただ受け入れるしかない。カルマに打ちひしがれた男は、なんてこの世は不平等で不公平なんだろ

う と嘆かずにいられなかった。別の言い方をすると、この男、人の世にあったときに、すべてを貶め、見下し、はかりごとをめぐらしてばかりいたため、無謬《むびゅう》なる仏がこの男に真実を突き付けることで、平等さも公平さもあるという証拠を見せてやったといったほうが正しいかもしれない。

どのくらいの月日が過ぎたのだろうか。彼は母犬とおなじくらいの大きさに成長していた。その間、なにかと可愛がってくれたのは、彼が人であったころ、一番嫌っていた台所女のナクモだった。逆に人の世にあったころ、目の中に入れても痛くないほど可愛がっていた愛息のダラはもちろん、むつみ合い、なんでも打ち明けられる仲だった妻のラモでさえも、彼の姿を目にしてもこれっぽっちも気にかけようとしない。いくら尻尾をぶんぶん打ち振り、はあはあ舌を出して迎えに行っても、「この乞食犬、根性が腐っている。なんて汚いのかしら」と罵られ、足で一撃をくらわされ、汚いものであるかのように避けられるのがオチであった。

もう何もかもうんざりした。漏れ出るのは落胆の嘆息ばかりだ。本当に大切なことは何ひとつないように思われた。ここにいたって男はようやく「人の身体に生まれることの有難さ」についで考えをめぐらすようになったのである。

しばらく経ったある日、息子のダラが目の前に現れた。おや、ダラときたらなんて豪勢に着飾っているのだろう。豹皮の縁取りのある服はカワウソの毛皮で裏打ちされており、結構な贅沢品である。その上、耳には十二指分ほど大きさの金の耳輪が重々しくはまっている。腰に佩《は》いているのは先祖代々大切に受け継がれ、普段使いなどすることのない短刀だ。銀製の鞘には珊瑚の象嵌《ぞうかん》がほどこされ、柄には鏤金《るきん》細工、上着の折り目を抑えるように佩いている。

これまで彼にとっては畏れ多くて身につけるどころでなかった、だが、しばしば人に見せびらかしてきた贅沢品ばかりである。なのに息子ときたら実にえらそうに着飾って、目の前に現れたではないか。憤懣《ふんまん》やるかたなく堪忍袋の緒も切れそうになっていると、息子ダラは彼の首に重い鎖をとりつけて、庭の重し石にくくりつけ、そのまま建物の裏口に入っていった。なんで鎖なんかつけたんだろうと訝しがっていると、台所女のナクモが現れた。ナクモは両手いっぱいの骨を彼に投げて言った。「お食べ！　食べられるうちに食べておくんだよ。お大尽様が爪に火をともすようにして築いた富も財産もみな他人の手に渡っちまうんだからね。もう後の祭りさ。『他人が主人面して、主人は番犬になりさがる』って世の諺があるけど、まさにその通りのことが起きちまったよ。ラモ奥様ときたら、亡くなった旦那のことを想うどころか、新しい婿さんをもらうんだとさ。一家の財産のことなど考えもしないんだから……」

ナクモの繰り言は尽きることもなかったが、そのうち家に戻っていった。しばらくして、家の回廊や屋上から高らかに歌声が響きわたった。酒を奨める歌もあれば、いかにも楽しげな笑い声もする。大勢の人々が集まっているとおぼしく、がやがやとひどく騒がしい。

と、建物の裏口から一人の恰幅のよい男が千鳥足で外に出てきた。しげしげ見ると、なんと、彼が人の世にあったおり、火と水のようにそりのあわなかった不倶戴天の敵パキャプではないか。パキャプなんて奴は、俺が人の世にあったときには、この家でその名を出すのもはばかられる糞ったれ野郎だったのに、今日のこのめでたい宴の席にのこのこ顔を出すとはいったいどうしたことだと訝っていると、こんな声がした。

「あんた、どこに逃げるつもり？」

「逃げちゃいないさ。本当にもう飲めないんだよ」

「もう飲まなくていいわよ。日も暮れるし。部屋に戻って寝ましょうよ」

「じゃ、早く来いよ。俺はこの日をずっと待ちわびてたんだから。お前だってよくわかってただろ」

「もちろんわかってたわよ。旦那の生きていた頃は隠れてこっそりいちゃつくしかなかったから、昼も夜もなくしっぽりやろうぜなんて言われても無理だったけどさ、こうなったら……」

二人は抱き合ってキスし始めた。怒りのあまり我を忘れた男は犬《いぬ》はパキャプにむかって力いっぱい突進した。と、鎖が外れ、男はパキャプのふくらはぎにがぶりと噛みついて逃げた。パキャプは絶叫してうつぶせに地面に倒れた。傍にいたラモは、悲鳴を上げながら、息子のダラのもとに逃げていった。

ダラは電光石火、先祖代々受け継がれてきた鋭い短刀を抜くや、男の心臓にぐさぐさと突き立てた。犬になった男の目は怖れと厭世の色に満たされていった。薄い瞼を弱弱しくしばたたかせる。もう周囲をしげしげ見ようにも、その力はない。そしてなすすべもなく再び暗黒の世界へと送り出されていったのである。

（三浦順子　訳）

羊のひとりごと

ランダ

◇ランダ　རང་སྒྲ།　才加
1964年、中国青海省海南チベット族自治州同徳県の農村に生まれる。作品集に『雪山の麓の物語』、中編作品集『平凡な生活』、歴史長編小説『トンミ・サンボータ』、長編詩小説『虹色に彩られた愛』などがある。特にチベット人読者に特に人気のある作品として、短編小説「猫物語」、中編小説「岩窟男と商人たち」がある。ダンチャル文学賞ほか受賞多数。『蔵族民俗文化』編集部勤務。

飼い主がおいらにこんなことをするはずがない。

あれから幾歳月が経ったのか、おいらの記憶のうつわには何も残っちゃいないけど、あの日は涼やかな南風がゆったりと吹いていて、立ち並ぶ木々にはトルコ石色の葉がきらきらと輝いていた。鳥たちの美しいさえずりが響き渡り、日差しもほどよい感じだったから、季節は春だったんだろう。

飼い主はどうしておいらを選んだのか。確かにおいらは他のやつらと違って肉づきもよくないし、体の大きさも体力も他の連中と比べると見劣りがする。でも、まだ閻魔大王のもとに召される年じゃないぞ。なのに飼い主ときたら、おいらを仏間に連れてった。

ああ、天の神様。ああ、いよいよ閻魔大王のもとに五体投地を捧げに行く日が来てしまったのか。だいたい閻魔大王ってのはどんな人だっけ。羯磨金剛《かつまこんごう》みたいなすごい牙をしてて、口はでっかく目もかっと見開いてて、命を奪う剣を持った魔物みたいなお方だったか、はたまたにこやかな笑みをたたえて目を細め、手には慈悲の天秤を携えた神様みたいなお方だったか。いずれにしろ誰もが恐れおののく「あれ」に相まみえることになっちまった。そんなおいらの膝から下は、風に吹かれる小さな柳よろしくぶるぶると震えてた。

　ところが驚いたことに、飼い主は、おいらの鼻筋や角や背中にバターの飾りをつけてくれた。そのうえ何枚もの五色の布をおいらの肩甲骨のあたりに取り付けて、得も言われぬいい匂いのビャクシンのお香をくゆらせ、お清めの水をかけた。おいらは急にくしゃみが出ちまった。

　飼い主は、土地神様の前で両手を合わせ、誰かに頼みごとでもしてるみたいに、えらく熱心に誓いを立ててたっけ。おいらはそのときようやくこの儀式の意味を悟った。

「今日この日からは売ってもお代は受け取りません。屠《ほふ》っても肉は食べません。毛を刈って紐を綯《な》うこともいたしません。皮を剝いで皮衣を作ることもいたしません。この生きものが生きても死んでも持ち主は土地神様、あなただけでございます」そんな声が聞こえてきた。

　おや、おいらはもしや放生《ツェタル》〈神仏に捧げるため優良な家畜を選んで殺さない誓いを立てること〉されたのか。

　それからは、大海に日が昇ったみたいに喜びに満ちあふれた日々だった。そのときの体の軽さといったらまるで須弥山《しゅみせん》〈仏教の世界観で世界の中央にそびえる山〉に虹がかかったよう。傍から見たら、かつてのおいらとは大違いだったろうね。よく太っていい体をして、体つきも立派で力が漲ってる。そんなもんだから、道行くときだって頭を上げて胸を張り、足取り軽く歩き回るようになったよ。

飼い主がようやく目をかけてくれるようになったもんで、おいらの方も飼い主が好きになった。それからというもの、飼い主は山の頂でも谷の入り口でも、かまどの上座でも家の入り口でも、居心地のよい家畜囲いの中でも、頭をなで、体をさすってくれた。朝、飼い主がおいらを追って、空気がきれいで草も水もおいしい山や谷を求め、どこへでも、苦労もいとわずに連れていってくれた。そのうちおいらの腹がくちくなって手足を折り曲げて寝そべると、飼い主もおいらのそばに腰を下ろし、いつも通りに節をつけてオンマニペメフン、オンマニペメフンと六字真言を唱えてたっけ。お昼になって飼い主が弁当を食べてるときなんて、ときどき奪って食べちまったけど、飼い主はちっとも腹を立てないどころか、愛情のこもったまなざしでこう言うんだ。「おいおい。お前ばっかり食べたらわしは何を食べりゃいいんだ。まったくもう、お前ってやつはきかん坊なんだから。ほれ、全部やるよ」なんて言ってツァンパ〈大麦を煎って挽いた粉。麦焦がし〉を袋ごと分けてくれたもんだった。

その日はよく晴れてお天道様が一番高いところまで昇ったところだったけど、他の連中はまだまだ草を求めて列をなし、草を奪い合いながら先を争うように前へ前へと進んでいた。おいらは大した量でもない草のために疲れるようなことはしたくなくて、つぶらな目をした飼い主のところに向かっていった。飼い主はいつものように、小高いところであぐらをかいて、満足そうな顔に楽しげな表情を浮かべて、慣れた様子で六字真言を唱えていた。おいらは顔を上げて胸を張り、飼い主のそばに行った。

「おいおい。お前ばっかり食べたらわしは何を食べりゃいいんだ。まったくもう、お前ってやつはきかん坊だな。ほれ、全部やるよ」

今日もまた飼い主はツァンパ袋をひっくり返して、ツァンパをありったけおいらに食べさせてくれたんで、飼い主の食べる分がなくなっちまった。でも気に留める様子もなく、満足げな表情で笑みを浮かべておいらを見つめ、頭をなで、体をさすってくれた。おいらはツァンパで腹がくちくなると、草を食べに行く気も失せちまったし、険しい峡谷の底を流れる冷たい水を飲みに行く気も消え失せ、手足を折り曲げて飼い主のそばに寝そべった。飼い主も六字真言を唱えながらおいらの体に頭をくっつけて夢の国に行っちまった。

とそのときだった。「キ――――、ホホ。生皮剝いでやろうかい」十人の馬に乗った男たちが、家畜の群れを右から左から追い立てながら、山の上まで登ってきたが、そのうち尾根の向こうに姿を消した。飼い主は軽く鼾《いびき》をかいていて、まだ夢の国をさまよっているようだった。「キ――――、ホホ。おい、犬畜生ども」馬に乗った連中が再び尾根を越えて戻ってきた。今度は雷鳴のごとき雄叫びをあげたので、飼い主はやっと夢の国から戻ってきた。

あいつらに決まってる。上集落の自警団だ。上集落と下集落の草地を巡る抗争は、時代が新しくなっても語り続けられているケサル王物語みたいなもんで、幾度となく繰り返されているものだから、今さら驚くには値しない。だが、去年から今年にかけてはケサル王を名乗る者は増えるばかり、攻略すべき砦も増すばかり。よく考えてみればそれもこれも、おいらたち家畜のための戦いなんだから、飼い主たちには感謝すべきなんだよな。でも「王の都が不安定では、乞食が安眠する場所もない」ってわけで、去年の真夏に起きた大きな抗争は何とつらい出来事だったことか。上集落と下集落の両方で人間が七人ずつ、いやいやそれだけじゃない。おいらのきょうだいや友人の角なし《ナクトマ》の黒も角なし《カルトマ》の白も角なし《ギャトマ》の茶も、他にも……。あのときの恐怖といったら、おいらの回らない口じゃあ、とてもじゃないけど言い表せない。

「あのくそ犬連中めが！『人に腸詰めなし、犬にモツ汁なし』ってとこまで追い詰めてやる。そうでなけりゃ、男がすたる。英雄帯を巻いた犬だと笑われたらかなわんからな」

飼い主は目を血走らせ、歯をギリギリさせながらそう言った。飼い主は、ケサル王物語でいえば命を顧みないケサル王の兄、ギャツァ・シェーカルのような勇敢な男だが、今日もしギャツァ・シェーカルよろしく飛び出したら、ケサル王物語で言えば敵国ホル国の武将、狡猾なシエンバ・メルのごとき上集落の連中に、あの世送りにされちまうのは必定《ひつじょう》だ。それで一旦は今にも飛び出したい気持ちを抑えることにしたようだ。

飼い主はむかっ腹を立てたまま下集落に向かってずんずん歩き出したので、おいらも矢のように後を追いかけてった。

その晩のことだった。土地神のおわすアムニェ・ニェンボ山の頂では、御神木のビャクシンや沈香《じんこう》を焚き上げ、その揺れる炎の周りを馬に乗った男たち四、五十人がぐるぐると駆け回っていた。下集落の自警団だ。

飼い主がおいらの鼻筋や角、背筋にバターの飾りをつけ、体中をビャクシンのお香で清め、お清めの水をふりかけた。今度はいったい何なんだ。すると飼い主は、おいらを仰向けにして押さえつけたかと思うと、柔らかくてしっかりした紐でおいらの手足をぎゅっと縛り上げた。それからなんと燃えさかる焚き上げ壇に、おいらを放り投げたんだ！

おいおい、おいらは放生《ツェタル》されたんじゃなかったのか。

赤い炎の燃えさかる中、おいらの目に映ったのは、向きを揃えて土煙を上げながら右回りにぐるぐる回る下集落の自警団だった。焦げ臭いにおいが立ちこめる中、聞こえてきたのはこんな文句だった。

捧げます　オンマフン
この地を護る土地神《サブダク》よ
この聖地を司る土地神《ネーダク》よ
この地に宿る土地神《ジブダク》よ

捧げた日にはここにましませ
お招きした日には急ぎお越しを
敵の肉を一息に召しませ
敵の血を一気に召しませ

炎のゆらゆら揺れる中、怒りに満ちたこんな文句が聞こえてきた。

真っ赤な炎に呑み込まれる苦痛のなんと耐え難いことか。今や毛はすっかり焼け焦げ、肉までじりじり燃えだした。おいらの灰色になっちまった両の目に飼い主の顔がうつった。「売ってもお代は受け取りません。屠っても肉は食べません。毛を刈って紐を綯うこともいたしません。皮を剥いで皮衣を作ることもいたしません」あの日の飼い主の声がうわんうわんと響いた。

飼い主がおいらにこんなことをするはずがない……


（星泉　訳）

一九八六年の雨合羽

ゴメ・ツェラン・タシ

◇ゴメ・ツェラン・タシ

སྒོ་མེ་ཚེ་རིང་བཀྲ་ཤིས།　赤・桑華

1979年、中国青海省海南チベット族自治州貴徳県の半農半牧村に生まれる。西寧の新聞社勤務のかたわら、詩人、小説家として活躍している。著書に長編小説『下弦の月』、短編小説集『もしも鳥だったら』などがある。詩人としてのペンネームはティ・セムホワ。2000年代にキャプチェン・デトルらとともに「第三世代」詩人として一世を風靡した。近年は児童文学も多く手がけている。

あれは一九八六年のことだった。
その年、タシは数えで九歳になったところだった。
その年、タシは二年生に上がりたての小学生だった。

タシは朝起きたらすぐに、西寧《せいねい》にいるおじさんがお土産に買ってきてくれた雨合羽《チャルラ》を着ようと思っていた。でも母さんに「雨が一滴も降ってないっていうのに、雨合羽なんか着てどうするの」と言われたので、空を何度も見上げながら、ふくれっ面で雨合羽をかばんにしまい、学校へ向かった。
今日はどうして雨が降らないんだろうと、がっかりした気持ちで学校へ向かっていると、後ろから誰かに声をかけられた。振り向けば同級生のトプデンだった。トプデンはちょっと待ってと言いながら、追いかけてきた。村はずれのくねくねした細道を通って、ちょうど崖道にさしかかったとき、タシはトプデンに「今日、雨、降るかな」と尋ねた。トプデンは東の山の頂をきらきらと明るく照らしている朝日をちらりと見やってから、きっぱりと「今日は降らないだろうね」と返した。その一言で、期待にふくらんでいたタシの心は、まるで燃えさかる炎が冷水を浴びせられたかのように一気に冷めた。タシは「雨が降らないって、どういうことだよ」と文句を言った。トプデンはタシの思いも知らずに「雨なんか降ってどうすんだよ」と言い返した。

「おれは雨が降ってほしいんだよ」

「おれは雨なんて降ってほしくない」

「天の神様、雨を降らせてください」

「天の神様、雨を降らせないでください」

「雨が降ったらいいのに」

「雨は降らないほうがいい」

何を言っても反対のことを言ってくるので、タシは腹を立てて、「鷲鼻トプデンのあんぽんたん、喧嘩を売ってどうすんの」と迫った。

トプデンも黙っているような玉ではないので「でこちんタシのおったんちん、雨に降られて死にたいか」と言い返した。

タシはその呪いの言葉にかっとなってトプデンに飛びかかり、髪の毛を鷲づかみにして「もう一回言ってみろ」とどついた。トプデンはタシに髪の毛をひっつかまれ、頭を押さえつけられたトプデンはすっかり気勢を削がれてしまった。それでもなお口では「雨の降る降らないはお前と関係ないだろ。おれは降らないって言っただけで、おしっこするなって言ったわけじゃない」と毒づいた。

「雨よ降ってくださいと言えよ」

「言わない」

「言わないんだな」

タシがトプデンの髪の毛を思い切り引っ張ると、トプデンは痛みに耐え切れずに「いてて、いてて、あ、あ、雨よ、降ってください」と言った。

「雨が降りますようにと言えよ」

「いやだ」

「言わないんだな」

タシがまたトプデンの髪の毛を思い切り引っ張って、「おい、言うのか言わないのか」と言った。

トプデンは「いてて、いてて。あ、あ、雨が降りますように」と言った。

そのとき道の先の方に、学校へ向かうリグジン・ドルジェ先生の姿が見えたので、タシはトプデンの髪の毛を離して、二人とも我先にと学校へ走っていった。二人が学校の校庭にたどり着くと、先に登校していた生徒たちが細長い石を手に持って、地面の上に文字を書く練習をしていた。タシとトプデンも生徒たちの中に入っていった。生徒たちは先生がやってきたのを見ると、一斉に下を向いて「柱《カワ》、柱《カワ》、雪《カワ》、雪《カワ》」と繰り返し声に出しながら、速さを競うように単語を校庭に書きつらねていった。タシは一人、校庭に文字を書きながら、小鳥の頭ほどの雲もない空を何度も見上げていた。そのとき、朝日が校舎の窓に当たり、反射光がきらきらしてタシの目を刺した。

トシャンカ小学校は小さな学校で、生徒は十数人しかおらず、先生もリグジン・ドルジェ先生しかいない。先生は校長でもあり、教師でもあるのだ。そして午前中の四限の間に算数とチベット語を交互に教えなければならない。曲がった柳の木の先に錆びついた古い鐘が吊るしてあって、それがカンカンと二回鳴ると、授業開始の合図だ。先生が教室に入ってくると、ざわざわしていた生徒たちはしんと静まり返る。授業が終わりに近づいてきた頃、タシが外をじっと見つめているのが先生の目に入った。先生は「タシ・トンドゥプ！」と名前をフルネームで二回呼んだが、タシの耳には入らないようだった。先生は鞭を手に取り、タシの側にやってきて、肩をめがけてぴしゃりとやると、タシは突然何かから目覚めたかのように体を起こし、頬杖をついて先生を見上げた。

「何を考えてたんだ」

「何も考えてません」

「じゃあ窓の外に何かあるのか」

「何もありません」

「ないのか」

「ありません」

ドルジェ先生は外を見ていた理由をそれ以上追及せずに、「今回は許してやる。今度先生の話をちゃんと聞いていなかったら、恐ろしい罰が待ってるぞ。わかったな」と言った。タシは顔を上げて「はい」と返事をするとまたうつむいた。そして先生は教壇に戻ると、授業の続きを始めた。最後に先生は授業で出てきた単語をいくつか黒板に書いて、生徒に作文をさせた。

「まず雨《チャルワ》という単語を使って、文を作りなさい。ジグメから始めようか」

一番前に座っている生徒が起立して「雨が降ったら服が濡れてしまいます」と言った。

「そうだ。いいぞ」先生は言った。

その後、チョパも起立して、「雨が降ったら橋が流されます」と言った。

「よし。いいね」

次はトプデンが起立して「ぼくは雨が嫌いです」と言った。

「おお、それもいいね」

次にドルマが立って、「雨が降ったら母が仕事に行けなくなります」と言った。

「おう、いいぞ」

生徒たちが順々に作文をしていき、タシの番になった。タシは「ぼくは雨が好きです。雨が降ったら雨合羽を着ることができます」と言った。

先生は「タシは雨という単語を使って文を二つも作ったね。さっき授業を聞いていなかったのはだめだったけど、作文はとてもよかった。この点はみんなも見習うんだぞ」と言うのだった。


午後の授業が終わると、生徒たちは細道を通ってばらばらと下校していった。夏の太陽は空の端にくくりつけられているみたいに全く動かず、昼間がひどく長く感じられた。トシャンカ村は日おもてにできた村で、夕方近くなっても黄金色に輝く太陽が白茶けた山村の山肌をちりちりと焦がさんばかりだった。崖っぷちのあちらこちらに花を咲かせたクサジンチョウゲやネジアヤメを始めとして、他にも名もなき花々が咲き乱れていたが、あまりに強い日差しにさらされ続けてすっかりしおれ、輝きを失っていた。生徒たちも暑さにやられて、男の子たちはもろ肌ぬぎになって歩いている。ところがそのとき、タシがかばんをごそごそやって何やら取り出すと、黄色い雨合羽を羽織ったのだ。太陽に照らされた雨合羽はきらきらとまばゆい光を放ち、トシャンカ村の外れの細道の上で黄色く輝いていた。鮮やかな黄色い雨合羽は、白茶けた身なりの生徒たちの目を一気に惹きつけた。タシの雨合羽を見るなり、先を歩いていた子供たちは戻ってきて、後ろを歩いていた子供たちは駆け寄ってきて、みんなでタシを取り囲んだ。

トプデンが真っ先に口を開いた。「そのサテンの服、きれいだね」そう言って手を伸ばし、色鮮やかな黄色の雨合羽に触れようとした。するとタシは「何言ってんだよ。サテンって。これがサテンに見えるか？」と言い返し、「おれの雨合羽が汚れる」とトプデンの手を振り払った。他の子供たちも、うらやましそうにタシの黄色く輝く服を見つめながら口々に話し出した。

「これ、サテンじゃないいなら何なの？」とジグメ。

「サージってやつか？」とルンドゥプ。

「お前、黄色いサージなんて見たことあるか？」とチョパ。

「パナマ織りってやつじゃない？」と言ったのはドルマだ。

そのときタシは顔を輝かせ、「これはお前たちの知らないやつだもんね」と言った。

ジグメは「宗教舞踊の舞台衣装じゃないの？」と尋ねた。

ルンドゥプは「おれが知らないわけないだろ。神降ろしの衣装だよ」

チョパは「どうも違うみたいだな」と不思議そうに言った。

ドルマが言った。「ねえ、タシ、教えてよ。これは何なの?」

タシは子供らしからぬ偉そうな顔つきで言った。「やっぱり知らないんだろ。これは雨合羽《チャルラ》っていうんだ。雨合羽、わかったか? 雨合羽。雨合羽って言葉も聞いたことなかったのかよ」

子供たちは一斉にかぶりを振った。その様子を見たタシはさらにご満悦で「雨合羽《チャルラ》ってのは雨《チャルワ》の時に着るもんだ。わかったか」と高らかに言った。

トプデンが真っ先につっこんだ。「お前のその服が雨合羽だっていうなら、このくっそ暑いのにそんなの着てどうするんだよ」と言った。他の子供たちもトプデンの言葉にそうだそうだとうなずいて、目をくりくりさせながらタシが何と答えるか待ち構えていた。

トプデンの言葉にみんなはうなずいたが、タシは口をきけなくなってしまい、しばらくの間、一言も言い返せずに黙り込んでいた。喉に羊毛を詰め込まれたみたいにしばし声が出なかったが、やっとのことで「こ、これは、おれの雨合羽だ。おれが着たいときに着るんだ。お前らには関係ない」と言った。

雨合羽の素材はビニールなので、熱がこもって顔から汗が噴き出してきた。でも、タシは雨合羽を脱ぐそぶりすら見せずに、トシャンカ村のはずれで、ぎらぎらと照りつける太陽のもと、きらきらと輝く雨合羽を着て、仁王立ちしていた。そのうち日が西の山の端に沈みかかってきたので、子供たちは雨合羽の話はやめて、後ろ髪引かれつつもばらばらと走り去った。タシは一人、口笛を吹きながら細道をあっちへふらふらこっちへふらふらしながら歩いていった。

一九八六年は、トシャンカ村の人々にとって忘れがたい年だ。その年はかつてない日照り続きだったのだ。村人たちの一縷の望みは行者のリグジンに託されていた。村長であるタシの父親は、行者のリグジンが修行している小さな瞑想小屋におもむき、かまどの下手にあぐらをかいて座ると、「アク・リグジン・ロロ〈アクは敬称、ロロは、へりくだっている気持ちを表す〉、何か手段を講じないと、今年は一握りの麦すら収穫できない恐れがあります」と訴えた。すると、かまどの熱で温まった高床の上で古びた緋色の厚手の綿の衣を羽織り、太い編み髪を頭にぐるぐると巻きつけた老行者のリグジンが「そうだな。今年の干ばつはいったい何なんだ。わしも特別なお経を上げざるを得ないな。まあ焦りなさんな。まず占いをしよう」と言うと、何とも形容しがたい色をした数珠を手に何度か繰った。それから小ぶりの占いの書を何枚かめくると、慌てた様子で、温かい床の上で見守っている村長に向かって「祈禱すべしと出ましたな」と言った。村長は老行者のリグジンが話し終える前に「アク・リグジン・ロロ、お任せします。私には何もわかりませんので、おっしゃる通りにいたします」と言うと、行者は「それなら九日に水神《ル》に供物《トルマ》を捧げる儀式をしよう。一、二、三、四、五。そうだな、あと五日ある。その間に準備をしなさい」とのたまった。村長は老行者のリグジンにいとまを告げて立ち去った。

その日も太陽がぎらぎらと照りつけていた。あたりはどこもかしこも暑さに打ちひしがれ、老いさらばえた豚のように眠りほうけていた。トシャンカ小学校の教室ではリグジン・ドルジェ先生が「賢者は学びに精を出す。無精な者は賢者になれぬ」という『サキャ格言集』〈十三世紀のチベットの大学者サキャ・パンディタが著した格言集〉の一節を生徒に教えている。子供たちはだらけた顔をして「けんじゃはーまなびにーせいをだすーぶしょうなものはーけんじゃになれぬー」と語尾を伸ばして復唱していた。そんな中、タシはいつになく生き生きとした表情で目をくりくりさせて窓の外を見ていた。タシの目に映ったのは生育が悪く背の低いままの畑の作物だ。さらにその先に目をやると、遠くの地平線では、太陽の光が空と大地を燃やしている。雨が降ったらいいのにと願った。そう心に思い浮かべたとたん、タシの空想の世界では雨が降り出した。そこには自分が見てもうらやましくなるほどのタシの姿があった。他の生徒たちはみなずぶ濡れで、裾から水をぽたぽたたらしているというのに、タシは雨合羽をまとって堂々と歩いている。タシは「もっと降れ！　雨よ雨よもっと降れ！」と言いながら飛んだり跳ねたりしている。雨合羽は同級生の羨望の的だが、何より心惹かれるのは同級生たちのまなざしだ。同級生たちの憧れのまなざしにはたまらない魅力がある。雨の降りしきる中、雨合羽はきらきらと輝き、雨粒のひとつひとつが雨合羽の上を真珠のようにころころと転がっていく。

「雨よ降れ！　雨よ降れ！」タシは思わず口走った。

「タシ・トンドゥプ！」

大きな声でフルネームで呼ぶのはいつだってリグジン・ドルジェ先生だ。先生は教科書を教卓に伏せて置くと、タシのところにずかずかとやってきた。先生に「タシ・トンドゥプ！」と呼ばれた瞬間、降りしきる雨の中で飛んだり跳ねたりしていたタシと教室の中の生徒であるタシの像がようやく一つになった。先生は汗だくで「雨の降る降らないはお前が口を突っ込むことか？　それはお父さんお母さんに任せておきなさい。読むべき教科書も読まないで、そんなことばかり気にして」と言った。そうは言いつつ先生も「今年のこの干ばつときたら！」と怒りをあらわにし、手で汗を拭いながら窓の外を見やった。

その日の午後、村はずれの例の崖道では、黄色く輝くものの周りを子供たちが取り囲んでいた。そう、同級生のタシだ。彼の顔からは糸の切れた数珠のように汗が噴き出してびしょびしょだったが、笑顔はきらきらと輝いている。そのとき、同級生が「ねえタシ、その雨合羽、ちょっと貸してくれよ」と言った。それは他でもない、いつも好んで口火を切るトプデンだ。他の子たちはタシが何と答えるのか様子をうかがっていた。

「何だと？　おれ様の雨合羽を着てみたいだと？　あっはっは」タシは不似合いな大笑いをしてみせると、「お前ってばさー、日が暮れる前から夢見てんのかよー」と語尾をわざと伸ばして、これまた不似合いなことわざを引いたりした。

「タシ様、お願いです」そう言ったのはトプデンだ。

「トプデン殿、そなたは雨合羽をご所望か」これはタシの声だ。

他の生徒たちは黙って二人のやりとりを見守っていた。

「おれたち二人の問題《ダン》だ」トプデンは子供らしからぬ言葉を口にした。

「何のダンだよ。ダンって何だよ」今度はタシが、ダンという言葉の意味を理解できなかったようだ。

「ダンってのはダンだよ。例えばおれたち二人のダン、みたいにさ」

「おれは雨合羽は持ってるけど、ダンなんて知らねえよ」タシにはダンの意味が全く分からなかったのだ。

そのときもやっとした熱風が吹いてきて、子供たちの間を炎のように渦巻いた。「くっそ暑いな！　暑くて死んじまうよ」ルンドゥプはそう言いながらその場を離れた。まだその場にいたジグメやドルマもトプデンの望みがかなわないと見るや、ルンドゥプの後に続いて帰っていった。トシャンカ村のはずれの細道にはタシとトプデンだけが残された。

きらきらと黄色く輝いているのがタシだ。

白茶けた身なりの方はトプデンだ。

トプデンは「タシ・ロロ、雨合羽をおれに貸してよ。貸してくれたら、おれがタシをうちまでおぶってやってもいい」と言った。

トプデンのこの一言は、暑さにすっかり参っていたタシの心をぐらりと動かした。でもそのまま請け合わずにこう言った。「じゃあまずおれに五体投地をしろよ。そしたら貸してやってもいい」

トプデンは喜んでタシの前で、三度、五体投地をした。

黄色く輝く雨合羽を身にまとい、誰かをおんぶしてトシャンカ村のはずれの細道をよろよろと歩いているのはトプデンだ。タシは荘園領主よろしくトプデンの背中の上で口笛を吹きながら、満面の笑みを浮かべている。よろよろと歩いているトプデンの鷲鼻からは玉のような汗が噴き出している。トプデンは息を切らしながら、タシを背負って必死で歩いていった。

村人たちは総出で水神供養《ルトル》に向けてそれぞれの場所で準備を進めていた。水神供養に不要なものは何一つない。穀物や布地、木など、村人たちはその年の干ばつを終わらせるため、各自提供できるものを全てマニ堂〈村人たちが集まって祈りを捧げるお堂〉に持ち寄ることになった。村長が車輪模様の絹地を裁断していると、タシがやってきて、「父さん、お願い、雨を降らせてよ。雨の中で雨合羽を着たいんだよ」と何度もせがんだ。

村長は「雨はなあ、行者のリグジン様にも降らせることができないってのに、父さんには無理だよ」と言った。

タシは「父さん、お願い」と何度もせがんだ。

「ちゃんと言って聞かせたのに分からんのか」

「父さん、お願い」

「馬鹿も休み休み言え。父さんに雨を降らすことができるなら、こうやって布を切る意味なんてあるか?」

「父さん、お願い」

タシが背中にしがみついて何度もぐいぐい動かしたので、手が滑って車輪模様の絹地が斜めに切れてしまった。村長は激怒して「このくそがきが! そんなに雨、雨っていうなら、こうしてやる!」タシに平手打ちを食らわせた。すると、その音を聞いた母さんがすっ飛んできた。

「お父さんたら、息子を叩くなんてどうかしてる。まだ握りこぶしみたいに小さい子にそんなことして、何の意味もないのに。おいで。こっちへおいで」

母さんは、雨のようにぽろぽろと涙をこぼしているタシを呼び寄せ、「母さんが雨を降らせてあげる」と言った。するとタシの顔がぱっと晴れて、涙も雨が止んだみたいにぴたりと止まった。

母さんは水がめから水を汲んできて、大きなポリ袋いっぱいになるまで入れ、物干し竿にくくりつけると、「さあ、こっちへおいで」と息子を呼んだ。タシは母さんが何をしようとしているのか分からなかったが、言われた通りに大きなポリ袋の下に立った。水でぱんぱんになったポリ袋に母さんが錐《きり》で穴をたくさん開けると、雨のように水がざーっと噴き出してきた。

「わーい、雨だ！　雨が降ってきた！」

タシはざあざあ降ってくるものが雨でないことはわかっていたが、嬉しくてたまらず、喜びの声をあげた。母さんもお月様のような笑みを浮かべてタシを見つめている。村長一人、しかめっ面で息子と妻に向かって「二人ともいかれとるわ」と言うと、きびすを返して家の中に入って行った。

「わーい、雨だ、雨が降ったぞ！」

「やったー、雨が降った、雨が降った！」

タシの嬉しそうな叫び声が屋敷の外にまで響き渡った。

絹地を手に再び現れた村長は、「まったく二人ともいかれとるな」とつぶやくと、何度も後ろを振り返りながら、扉をぎいっと開けて出て行った。

「やったー、雨だ雨だ！」

「わーい、雨だ、雨が降ってきた！」


老行者リグジンの指定した吉日になった。

水神《ルトル》供養の日、村の若者たちは人や水神《ル》の形をした供物《トルマ》をさまざまな装飾品で飾り立てた。老行者のリグジンは緋色の綿の衣を羽織り、大きな供物の周りをぐるりと回って確認すると、「さてと、立派なトルマができたな。あとはこのトルマに着せる黄色い衣があれば完璧なんだがなあ。黄色い衣が足りないんだ」と不満を漏らした。それから村人たちに向かって「黄色い衣のあるお宅はないかね」と叫んだ。村人たちは互いに目を見合わせ、黄色い衣が自宅にあるかどうか話し合ったが、結局かぶりを振って「ありません」と言うしかなく、しばらくの間、押し黙ったまま老行者の顔を見つめていた。老行者はがっかりした表情を浮かべていた。何やら口をもごもごさせて独り言をつぶやいていたけれども、村人たちの目には口が動いているのが見えるだけで、何も聞こえなかった。とそのとき、村人の中から村長が前に進み出て、「うちに黄色い雨合羽があります。それでもいいでしょうか」と言った。老行者のリグジンはぱっと笑顔になって「黄色なんだな。黄色なら問題ない。急いで持ってきてくれ。そしたらトルマを放りに行こう」と言った。そこで村長は飛ぶ鳥のごとき勢いで取りに行き、飛ぶ鳥のごとき勢いで舞い戻ってきて、タシの黄色い雨合羽を老行者リグジンに差し出した。

　黄色く輝く雨合羽を着せられたトルマが若者たちの手でみこしに担がれて出発した。老行者のリグジンが「トルマを崖道から放り捨てたら、決して振り返ってはいかん」と言うと、若者たちは一斉に「はい」と返事をした。黄色く輝くトルマを若者たちが担いで練り歩き、トシャンカ村の集落の間を抜けて行った。黄金色に輝く太陽のもと、黄色く輝く水神のトルマは、このあいだ黄色く輝くタシが子供たちに取り囲まれていたときのように、若者たちに二重三重に取り囲まれて進んでいった。マニ堂からは、老行者のリグジンがでんでん太鼓《ダマル》や金剛鈴《ティルブ》を鳴らす恐ろしげな音が響き渡り、トシャンカ村には不穏な雰囲気が広がった。

　そのとき、はるか彼方の地平線のあたりに馬のような形をした雲がたくさん現れた。馬はたてがみを逆立てて振り乱している。老行者のリグジンはダマルとティルブの音を徐々に激しくしていった。しばらくすると馬の形をした雲の群れがトシャンカ村の空の方に向かってどんどん近づいてきた。とそのとき、驚いたことに、村人たちが期待してやまなかったその年の最初の雨が降り出した。

「うおお、雨が降ってきた。雨だ！」

「おおお、雨だ！　雨だ！」

「わー、雨だ、雨が降ってきた！」

村人たちは雨の中、無邪気な子供のように歓声を上げながら、飛んだり跳ねたりした。村長の顔に浮かんでいた不安の色も、残らず雨に洗い流されてすっかりにこやかになり、「こりゃあ、うれしいね。なんていい気分なんだ」と言った。村人たちが村長のまわりに集まってきて、みんなで村長を胴上げし、さらなる歓声を上げた。

そのとき、トシャンカ小学校の柳の木にかかっている錆だらけの古い鐘がいつものようにカンカンと鳴った。村はずれの細道に子供たちが走り出てきた。一番手はタシだ。トプデンが、前を走っているタシに向かって「おーい、タシ！　雨合羽は着ないのかよ。なあ、タシ」と何度も言ってきたけれども、タシはトプデンの叫び声を尻目にずんずん駆けていった。タシは、今朝、登校のときに雨合羽を持ってくるのを忘れたことを後悔していた。黄色い雨合羽が光輝いているのがありありと目に浮かび、早く家に帰って雨合羽を着たくてたまらなかった。その一心で、崖道にさしかかったとき、タシはうっかり足を滑らせて転んでしまった。慌てて立ち上がり、次の一歩を踏み出そうとしたちょうどそのとき、なんとあの黄色い雨合羽が目の前に現れた。

タシは不思議でたまらなかった。雨合羽がなんでここに？　口を尖らせてみたり、目をごしごし擦ってみたけれど、雨合羽は確かに間違いなく目の前にあって、しかもトルマに着せられている。黄色い雨合羽を着たトルマが目を見開いてタシのことをじっと見つめ、「タシ、ありがとう」とでも言っているみたいだった。タシはふと、あれは雨合羽じゃなくて、大きな黄色いダリアで、一番ふさわしい場所で咲き誇ってるんじゃないかと思った。なんだか誇らしくて、思わず涙がこぼれた。

土砂降りの雨の中、トルマに着せられた黄色い雨合羽をじっと見つめていると、タシの心はぽかぽかと温かくなった。ざあざあと雨の降りしきる中、タシは電光石火の勢いで飛ぶように駆けていった。

（星泉　訳）

II　異界／境界を越える　解説

人が怪奇幻想の物語を楽しむ理由はいろいろだろうけれど、異世界から滲み出してきた何か恐ろしいもの、異様なものに、凡庸な日常世界をかき乱される快感を味わってみたいというのもそのひとつだろう。たまたま開いてしまった別世界への扉から理解を越えた何かがずるずると這い出てきて、見慣れていた日常の光景がいつのまにやら異世界に転じている。日常の足元を切り崩される恐怖、これぞ怪奇幻想小説の醍醐味のひとつである。

では、本書に収録された短篇群はどうだろうか？「II　異界／境界を越える」は日本人が読めば土着の香りのする怪奇幻想小説として楽しめること疑いないが、実をいうとチベット作家にとってそれは怪奇でも幻想でもなく、身近にありありと実在する世界、自らの文化の地層をちょっと掘れば出現する世界、祖父や曾祖父の時代にまで遡ればまがうことなき現実の世界なのである。怪異はいまここから完全に切り離された異世界ではなく、リアルに隣にあるものなのだ。

以下、個々の作品について、日本の読者にはわかりにくい点も含めて解説したい。

◆……「屍鬼物語・銃」（ペマ・ツェテン）

『屍鬼物語』はインドからチベット、モンゴルにまで流布している有名な枠物語である。話の枠組みとしては青年が聖者に命じられて墓地に屍鬼を取りに行くも、戻ってくる間に一言も口をきくなと厳命されている。賢い屍鬼は道中、それはそれは面白い物語を語り聞かせるので（元の物語ではひとつひとつ独立した物語となっている）、つい話の終わりに青年が「それでどうなったんだ！」などと口走ってしまう。すると屍鬼はたちどころに墓場に戻ってしまい、また新たに物語が繰り返されるという趣向である。人口に膾炙したこの物語をどう料理するかは作家の腕次第、ペマ・ツェテンが描いてみせたのは博打に興じて身をもちくずした親子と、殺せば祟るとされている土地神の鹿との因縁話であるが、謎めいた結末は同じ著者の「誘惑」（『ティメー・クンデンを探して』勉誠出版）も連想させる。

◆……「閻魔への訴え」「犬になった男」（エ・ニマ・ツェリン）

チベットのラマたちは説法のとき、しばしば仏教説話をもちいて輪廻転生と因果の理を説いてきかせる。あなたが敵と思っていた相手はひょっとして自分の愛し子として生まれ変わってくるかもしれない、無惨に足蹴にしている飼い犬は実は自分の親の転生した姿かもしれない。神通力を備えたお釈迦様の弟子はそんな光景を実際に目にしていたんだよといったように。チベット人にとって共通の文化概念となっている輪廻転生や地獄の物語に、今風に気の利いたひとひねりを加えたのが「閻魔への訴え」なら、芥川龍之介が今昔物語を用いておこなったように、話の流れにさらに肉付けをして、奥行きのある物語としたのが「犬になった男」である。

「閻魔への訴え」の舞台となっている地獄の閻魔の裁きの場は、日本の地獄絵図にもよく見受けられるけれど、この物語では、現代の人の世のあまりの堕落っぷりにさすがの閻魔大王もお手上げ状態である。チベット仏教ではもともと人の身体を得て生まれる以上にありがたいことはないと説く。ところが、現世のあまりの酷さに、善き魂の持ち主は人への転生を拒否、逆に前世で悪業のかぎりをつくした結果、奇っ怪な生き物に転生させられたものたちは人に生まれ変わりたいと閻魔に直訴、因果の理を逆転させるドタバタ劇が繰り広げられる。

「犬になった男」は、あこぎな商売で富を築いた死者が、自分の家の飼い犬として転生する物語。死者の意識が中有《バルド》をさまよい、犬として受胎するまでの描写は『チベット死者の書』などのチベット密教の典籍を彷彿とさせる。前述のように、仏教でおなじみのテーマを扱ってはいるが、それを小説という新たな皮袋に盛って見せたところが読みどころである。

◆……「**羊のひとりごと**」(**ランダ**)

この短篇のテーマは放生である。もともと仏教で説く放生とは、死すべき運命にあるいきものの命を救って功徳をつむことで、施主の無病息災を祈るものである。日本の寺にも放生池という形で放生思想の残滓が見受けられる。実をいうと二十一世紀になってからチベット仏教界では前にもまして放生儀礼が盛んになり、市場に出かけて行ってトラック何台分もの生魚を買い付けては放流するなどということが行われている。放生された羊やヤクなどの大型動物には耳に切り込みを入れられるなど、しかるべきしるしがつけられて、誰にも危害を加えられることなく天寿をまっとうできるまずである。ところがなんと「羊のひとりごと」の主人公が捧げられたのは土地神であった。通常、土地神にはツァンパなどの「白い供物」を捧げるものなのだが、いざ戦いとなると、勝利祈願のために、家畜が屠られ、「赤い供物」として捧げられるのである。殺生を忌む仏教文化のうらに見え隠れするいにしえからの生贄の文化をいきものの口に語らせる。

◆……「一九八六年の雨合羽」（ゴメ・ツェラン・タシ）

文化大革命がおわって数年後、文化の廃墟からの明るい復興のきざしが見えてきた時代の少年たちの目に映じたチベットの一寒村の情景である。行者は雨ごい儀礼のために、麦こがしとバターで作った供物トルマに黄色い衣を着せようとするが、村中探してもそれを見つけることができない。作中に特に述べられてはいないが、もともと黄色い衣は僧侶のみがまとうことが許されるものであり、黄色の衣の不在は文革による僧の不在を、それをおぎなう形となった雨合羽はあらたな物質文明の到来を暗示しているともいえる。

（三浦順子）

III

現実と非現実のあいだ

神降ろしは悪魔憑き

ツェラン・トンドゥプ

※略歴は三〇頁を参照

　ホワデンじいさんは右手に数珠、左手に杖をもち、我が家にやって来ると父と話をしていた。すぐに、ぼくの弟が「ねえねえ、ホワデンじいさん、みんなどうしてラプテンおじさんのことを『悪魔憑き』って呼ぶの？　うちの父さんがホワデンじいさんなら知ってるって言ってたよ。ぼくにも教えてよ」と言った。

「はっはっは。そいつは知らんよ」とじいさんははぐらかそうとしたが、弟がしつこく聞くのでじいさんはとうとう話してくれることになった。

　ホワデンじいさんは髭をいじりながら「なんてこった。とんだ笑い話なんだがな。解放前〈中国によるチベット併合前〉のある日のこと、娘のデキが重い病にかかったことがあった。わしはあちこちに医者を探しに走ったが見つからなかった。とある行者にお伺いを立てねばと思って、まず馬を借りに行ったんだが、金を払わないなら馬は出さないと断られた。わしは馬はおろか、馬の尻尾さえもない素寒貧だった。そんな時、神降ろしのラプテンに頼んだらどうかと思いついたんだ。

ラプテンはわしの家にやって来ると娘の頭に手を当て、わしらに『さあて、神様がなんとおっしゃるか聞いて、その通りにするんだな』と言って、体をぶるぶるさせ、声を震わせて神を憑依させると、

『娘の病は重い
治したいと思うならば、
神を祀り、捧げ物を持って来い
さもなくば病をもたらした恐ろしい悪魔を
追い払うことはできないであろう
神降ろしの通る道に
肉、バター、バター菓子などをできるかぎり積み
銀貨六枚を持ってこい
さもなくば病人はけっして治ることはない』

と言ったんだ。ちょうど日が暮れて少し先でさえ真っ暗で何も見えなかった。ラプテンは声を

張り上げて、

『ああ、病の神よ』と呼びかけ、さらに大声で、

『ああ、病の神よ』ともう一度叫んだ。すると、遠くの方から息も絶えだえに、

『あーああー』という声がしたんだ。

わしは心の中で、『ああ、なんてこった。こんな病の神にとりつかれてしまっては娘が快復するのは難しかろう。自分の命を差し出すしかあるまい』と思い、そっと家を抜け出し、ナイフを鞘から取り出すと、声のした方向に向かって走った。

真っ暗な闇の中は何も見えなかったが、折よく、神降ろしが『病の神よ』とさらに呼びかけると、遠からぬ場所から、『ああ』という声が聞こえた。わしがその声のする方に走り寄ると、魔物とおぼしきものは立ち上がって逃げていった。すぐさま追いかけるとそいつが地面に倒れたところを捕まえることができた。ところが、驚いたことに、わしがそいつにつかみかかろうとすると、そいつはわなわなと震えながら、『お願いだ。許してくれ』と言うじゃないか。いったいどうしたことだと思い、『お前は何者だ』と訊くと、『おい、ホワデン、待ってくれ。おれはサムテンだ。神降ろしに呼ばれて来ただけなんだよ』と言う返事。暗くて顔はわからなかったが、声を聞くとそいつは、同じ村に住むサムテンという男だった。わしはナイフを鞘《さや》に戻し、どういうことなのかを問い質《ただ》すと、全て神降ろしのラプテンが仕組んだことであり、お礼

に銀貨一枚をもらえる約束だったと白状したんだ。

わしは、サムテンを連れて家に戻ると、神降ろしは相変わらずぶるぶると震えていた。しかし、先ほどとは違い、やつは神が降りてきたからではなく、わしが怖くて震えていたので、寒い夜だったにもかかわらず、やつの顔からは大粒の汗がふきだしていた。

それからというもの、やつは『悪魔憑き』と呼ばれるようになったんだ。

これで話はおしまいだよ。まったく、なんてこった」

ぼくの父さんとホワデンじいさんは笑った。

「まったく、なんてこった」と弟とぼくも大きな声で笑った。ぼくたちは神降ろしが演じた芝居が面白かったわけではない。「なんてこった」とうそぶくホワデンじいさんみたいな大人たちが、目に見えないものにがんじがらめになっているさまがおかしかったのだ。

（海老原志穂　訳）

子猫の足跡

レーコル

◇レーコル　ལེ་ཀོར།　零

1993年、中国チベット自治区チャムド市マルカム県の半農半牧村に生まれる。中央民族大学在学中の2012年から創作を開始し、2015年から『民族文学』『チベット文芸』など文芸誌に作品を掲載している他、灯明文芸ネットにも多数の作品を提供している。2018年には作品集『ゾンビ』を出版。自作を自ら漢語に翻訳し、『西蔵文学』に掲載している。レーコルは「ゼロ」を意味するペンネームである。マルカム県翻訳局勤務。

人間たちはぼくたちのことを「猫」と呼ぶ。母さんのことは「母猫」、ぼくのことは「子猫」と呼ぶ。母さんはぼくのことを「ほら貝」って呼んでる。ぼくは前から自分の呼び名が不思議でたまらなかった。だって、ほら貝っていったら真っ白なのに、ぼくの毛は白に茶が交じってる。この名前のことをぼーっと考えてたら、ぼくは兄ちゃんと妹のいいおもちゃにされちゃった。兄ちゃんも妹も、ぼくに噛みついたり、爪を立てたりしてじゃれまくるから、そのうち物思いにふける暇もなくなった。あれよあれよという間に何か月も経ったけど、いったいどうしてこんな名前がついたのか、ちっともわからなかった。謎は深まるばかりだ。兄ちゃんも妹も、ぼくのことを頭がおかしいって言うし、心優しい母さんも、徐々にそう思うようになったみたい。まあでもこの名前はぼくが生まれたときについたって話だし、あんまり考えすぎても、結局ぼくの頭がおかしいってことになりそうだな。

ある晩、母さんは、お話をたくさんしてくれたあと、こう言った。「おまえたち三兄妹はゆきがふった日の朝に生まれたんだよ」ぼくたちにしてみればそんな話は初耳だったし、そもそも「ゆき」って言葉も初めて聞いた。次の日、母さんが留守の間に、ぼくと兄ちゃんはストーブの下にもぐりこんで、寝そべったまま、「ゆきがふった日の朝」って何だろうと長いこと語り合った。ねんねが大好きな妹はまだ夢の中だ。兄ちゃんは赤い舌で鼻先をぺろっと舐めてから、「ゆきがふった日の朝ってのは、お乳がたっぷり飲める日のことだろうな」と言った。「違うよ。そうじゃない。ねずみがたくさんいる日のことに決まってる」ぼくが反論すると、喧嘩になった。妹はぼくたちの言い争う声で目を覚ました。妹は顔を洗いながら、しくしく泣いた。「ほらほら泣かないで。もう喧嘩しないからさ」兄ちゃんとぼくは、何度もなぐさめたけど、妹はめそめそと泣き続けてた。妹の泣き声を聞いてるうちに、「ゆきがふった日の朝」のことはすっかり忘れてしまった。結局、「ゆきがふった日の朝」とぼくにどんな関係があるのか、わからずじまいだった。

母さんは朝早く起きて「ねずみ」を探しに出かける。「ねずみ」を見たことのないぼくたちにとっては、空想の種でしかない。そして、朝と晩、世界が白黒逆転するときが、ぼくたちがお乳を飲める時間だ。あたりの色が白黒逆転する時間帯になると、家畜囲いの中の山羊たちが、メエメエと鳴き出す。ぼくたちも一緒になってニャアニャアと大きな声で鳴く。朝明るくなって、山羊たちが山に放牧されるたび、夕方暗くなって、山羊たちが家畜囲いに戻ってくるたびに、ぼくたちはお乳にありつけるのだ。

あたりが静まり返ると、階段を上ってくる足音が、かすかに聞こえてくる。ぼくたちはストーブの下から顔を出し、ニャーオニャーオといつもより大きな声で鳴く。おかみさんだ。右手にはアルミのお玉、左手には黒ずんだ木椀を持って、リーリーと声を出しながらぼくたちの方にやってくる。おかみさんは慣れた手つきで、黒ずんだ木椀の中に、白いお乳をなみなみと注ぐ。注ぎ終えると、もごもごと何やらつぶやきながら階下に下りていく。ぼくたちにはおかみさんが何をつぶやいてるのか知ったこっちゃない。とにかく無我夢中でお乳を飲むだけだ。

母さんは朝出て行くとき、尻尾をピンと立てて行くのだが、夜は尻尾をたらんと下ろして帰ってくる。母さんがストーブの下にもぐりこんでくる頃には、部屋の中は電灯がついて明るいけれど、ストーブの下は暗がりになってる。だから、母さんの姿は見えるけど、毛の色や顔まではよく見えない。母さんは白い中に黒の斑《ぶち》があって、顔は妹の倍くらい大きい。わかるのはそれくらいだ。ぼくたち三兄妹が母さんにしがみついて横になると、母さんは真言《マニ》を唱えながら、ねずみ退治の物語を聞かせてくれる。ぼくたちがいたずらをしていると、「いたずらばっかりしてるとねずみに食われてしまうよ」と母さんは口癖のように言う。そう言ったあとにはきまって乱暴者のねずみの話になる。母さんの話を聴きながら、恐ろしい「ねずみ」の姿を思い浮かべると、大きな氷の塊が心の中に転がりこんできたみたいにぞわっとする。そうかと思えば、母さんはねずみの肉がどんなにおいしいかっていう話をすることもあって、そんなときには、兄ちゃんもぼくも何度となく唾をごくりと呑み込んだものだ。妹に至っては胸までよだれをたらしながら、「ねずみのお肉ってお乳みたいにおいしいの？」と尋ねる始末。暗がりの中で不思議な光を放つ両目で母さんを見つめている。「そうだよ。お乳みたいにおいしいんだよ」母さんは娘をなでながら言った。

　ぼくはいつも飲んでいるお乳が山羊の乳だと知っていたので「じゃあ、ねずみって山羊に似てるの？」と訊いた。「そうだよ。山羊みたいなもんだよ」と母さんは顔色ひとつ変えずに答えた。「ふーん、ねずみって山羊に似てるのか。角があるんだね」ぼくがしばらく考えてからこう言うと、ニャアニャアと母さんは笑った。ニャアニャアとぼくたちもみんな笑った。お話をしてくれたあと、母さんは真言《マニ》を唱えながら、「ねずみ退治は猫の使命なんだよ」と、あたかも将軍が重要な作戦を発表するかのように言った。ぼくたちは、それを聞いた瞬間、戦場に向かう青年将校にでもなったかのような気分で「ねずみ退治は猫の使命！」と雄々しく繰り返した。そのあとには、尽きることのない真言《マニ》と果てしのない夢の世界がぼくたちを待っていた。

　外の世界の、「山」や、「川」、「畑」といった言葉が母さんの口から飛び出すたびに、ぼくたち子供の想像は大きくふくらんだ。母さんは、畑がどんなに大きいか話しながら、小麦や豆の畑が広がっている様子を話して聞かせてくれる。ぼくたち三人は不思議でたまらず、「小麦ってどこから生まれるの？」と尋ねると、母さんは「小麦の種から生まれるんだよ」と言った。ぼくたちがさらに「種はどこから生まれるの？」と尋ねると、母さんは「種は小麦から生まれるのさ」と言った。ぼくたち三人はこんな謎解き問答にしばらく夢中になっていた。いくら問答を繰り返しても、ぼくたちにとってはまだ見たことのない「ねずみ」と同じで、頭では理解しきれないものだった。

その答えがわかったのは、よく晴れた日のことだった。その日の朝、ぽかぽかと暖かいストーブの下でうとうとしながら部屋の中をこっそり見回していた。家のおかみさんはストーブの上でパンを焼いているようだ。足がストーブの側にあるのが見える。東側の窓からは太陽の光がさんさんと降り注いでいる。陽光に照らされて、空中にはさまざまな大きさの塵がたくさん舞っている。とそのとき、家の外から鎖をひっぱるジャラジャラという音と犬の吠える声がして、静けさが打ち破られた。それから階段を上ってくる足音が聞こえた。扉を開けて入ってきたのは家の主人と初めて見る髭面の男だった。二人は久しぶりに会った友だちのように、なんやかんやと会話を交わしていた。おかみさんもくどくどとあいさつをすると、二人の前に丸パンをおいた。それから、龍の模様のついた茶碗にバター茶を注いで髭面の男に手渡し、銀の茶碗にお茶を注いで主人に渡した。お茶を注ぐ音をお乳が来た音だと思って兄ちゃんも妹も、母さんも目を覚ました。ニャアニャア。ぼくたち四匹は声を上げながらストーブの下から外に出た。そのとき髭面の男が「奥さん、うちにくれるってのはどの子猫だい」と言って、髭をなでながらぼくたち三兄妹を一匹ずつじろじろと見た。その声を聞いたおかみさんは、黒ずんだ木椀に白いお乳を入れて、さらに熱いお茶を少し足してから、いつものストーブの下じゃなくて、髭面の男のすぐ側に置いた。それからリーリーとぼくたちを呼んだ。男たちもリーリーとぼくたちを呼んだ。

ぼくたちはおずおずと木椀のところにお乳を飲みに行った。「うちじゃあ山羊の乳が少しとれるんですよ。この子たちが飲むんですけどね。どうぞ一匹持ってってくださいな」主人を見上げると、ぼくの方を見ながらしきりに首をかしげてる。目を見ると、どうやらぼくがよその家にもらわれるらしい。でも、首をかしげてるところを見ると、気が進まないみたいだな。

母さんと兄ちゃんと妹は、今日ぼくと別れなければならないことを悟ると、お乳を舐めるのをやめて、木椀のまわりにちょこんと座り、悲しそうな顔をしてぼくを見つめている。それを見ていたら、さーっと血の気が引いて、白いお乳が急に味気なくなった。兄ちゃんと母さんは静かにぼくを見つめていたけれども、妹はべそべそ泣いて、涙をぽろぽろこぼしている。妹が鼻をぐすぐすいわせて目をうるませているのを見たら、ぼくはもうこれ以上お乳を飲めなくなってしまった。

妹の泣き声がどんどん大きくなると、敷物の上にあぐらをかいていた髭面の男は、お茶を一気に飲みほして立ち上がった。母さんと兄ちゃんと妹は、一言も口をきかなかった。ぼくも何も言えないまま運命のしかけた罠に囚われるしかなかった。

髭面の男とぼくは、犬が吠える声に見送られて外に出た。どこからともなく吹いてきた風がぼくの毛を揺らし、心もきゅうっと冷たくなった。取り立てて温かくも冷たくもないその風は、新たな時のはじまりを告げるものだった。いくつもの木立を過ぎていくと、目の前に広がる世界がどんどん大きくなっていった。徐々にくっきりとした世界が目の前に広がってきた。「これはきっと畑ってやつに違いない」ぼくは思った。また少し行くと、目と鼻の先の、やや低くなったところに、どうどうと音を立てて流れるものが目に入った。「ははあ、きっとこれが川というやつだろう」ぼくは思った。畑の畦を通って別の畑に行くと、遠くの方に堂々とした大きさの、牙をむいて吠えているようなものが見えた。「ふむ、これが山ってやつか」と思った。こんなふうにして、ぼくは前から不思議に思っていた、いくつもの疑問の答えを一つひとつ見つけていった。

それからぼくたちは大きな畑のあるところに着いた。そこでは大勢の人間が集まって、わいわい言いながら収穫作業をしていた。金持ちの人間たちは、機械を使って収穫作業をしている。彼らは自慢げな表情を浮かべ、ものすごい勢いで小麦や大麦の刈り取りをしている。力持ちの人間たちは、歌を歌いながら、三日間鎌を握りっぱなしで刈り取りをしている。美しい調べの歌で、まるで機械の出す騒音を非難しているみたいだった。金も力もない人間たちは、大罪でも犯したかのように、うなだれて落ち穂拾いをしている。畑の向こう側の桃の木の下に目をやると、大人のやってることは関係ないとばかりに知らんぷりを決め込んで、桃をかじっている子供たちの一団がいた。ぼくのような瑜伽《ゆが》行者タイプの猫にとっては、輪廻の中で起こっている騒々しい出来事などどうでもいい。でも、ぼくは子供たちの関心を惹いたようだった。ぼくの姿を見るやいなや、子供たちは歓声を上げて追いかけてきた。髭面の男は子供心を察したらしく、畑に腰を下ろすと、ぼくを子供たちに披露した。その中の小さい子が、桃をうまそうにかじったあと、残りをぼくに差し出して「食べなよ。ほら」と言った。その子がうまそうにかぶりつくのを見ていたぼくは、思わず飛びついて、夢中で舐めた。桃の汁が口の中に入ったとたん、酸っぱくて苦い味が体中に広がった。ぼくはようやくこの食べ物が猫用じゃないってことを知った。子供たちの顔は額から顎まで泥だらけで、首も胸もみんな桃の汁にまみれてた。うらやましかったのは、ある小さい子がぶらんぶらんと垂らしてる鼻汁だった。その鼻汁をどうしても舐めてみたくて側に行くと、その子はぼくをひょいと抱き上げた。でもその瞬間、ずずっと音がして鼻汁は引っ込んでしまい、結局ぼくの願いは叶わなかった。

髭面の男とぼくがその畑を離れると、子供たちも追いかけてきた。畑仕事をしている女たちの一人が、とがめ立てするかのように何度も声を張り上げたので、子供たちは後ろ髪を引かれながら帰っていった。ぼくたちはそのまま別の畑に行った。今度の畑では冬小麦がまだ青々としていた。風に揺られる穂に合わせてぼくの心も喜びにうちふるえた。ぼくは嬉しくなって、思わず「うれしたのしやニャアニャアニャアニャア」と歌った。ぼくの歌を聞いた髭面の男は「泣くなって。もうすぐうちに着くからさ。うちに着いたら乳を飲ませてやろう」と言いながら、ぼくのことを何度もなでた。それでぼくは歌を歌う勢いが削がれてしまった。

親兄妹と別れ、よその家に行く道中は、興奮をかき立てられるものだった。思いもかけない出来事の連続だったけど、あれは結婚式に向かう道中のようなものだ。結婚式にたとえるなら、ぼくは花婿ってことになるけど、残念なことに、髭面の男の家には花嫁はいなかった。毎日ぼくは一人ぼっちで寝て、一人ぼっちで乳を飲まなければならない。時折お腹が空いてたまらず、家の中の食べ物を盗んでは食べた。食べ物を盗むときは、スリル満点でぞくぞくした。

慌ただしい秋が終わりを告げると、冷たい風がひゅうひゅうと吹きすさぶ冬が到来した。冬の寒さは体毛をつたって骨身にしみる。心まで痛くなってくる。ぼくが新しい家の一員になって一か月ほどが過ぎた。

新しい家でも、ぼくにお乳をくれるのはおかみさんだ。おかみさんはいつもぼくにお乳を飲ませてくれる。ここの家のお乳は牛乳だ。ぼくは山羊のお乳が恋しくなった。三兄妹で喧嘩をしたり取っ組み合いをしたりしながら、争うようにお乳を飲んでいたことを思い出す。今や思い出の中で花の美しさを愛でることしかできない。

木の葉がみな枯れ落ちると、桃の木の枝に止まっている小鳥たちは、隠れる場所を失って姿を現す。この家の長男坊のロブザンはこの季節を待ち構えていたかのように、木の枝と自転車のゴムチューブと牛皮を使って、小鳥を狙い撃つためのすごく性能のいい弾《はじ》き弓を作る。そして狩人よろしく畑や畦道に飛び出していき、小鳥を撃ち落とすのだ。ぼくもごほうびを期待してロブザンにくっついて回った。そのうちロブザンは小鳥を撃ち落とす役、ぼくは小鳥の肉を食べる役、こんな役割分担が、どちらから言い出すともなく決まった。小鳥の肉を食べているうちにぼくは太りだし、お乳をしょっちゅう残すようになったので、主人もおかみさんもぼくに毒づくようになった。「このでぶ猫が。どうせ盗みでも働いてるんだろう」髭面の主人はぼくをなでながらそう言った。おかみさんはぼくにお椀一杯のお乳をくれたあと、ぼくが飲みたくなさそうにしているのを見て、「まあ、ずうずうしいったらありゃしない」と悪態をついた。まだ十歳にも満たないこの家の次男坊のタブザンに至っては、ぼくを見るたびに、理由もなく叩いたり蹴ったりするようになった。

冬は朝日が上っても部屋の中はひどく寒い。ストーブを焚いてないのでストーブの下で寝ようにも寒くてたまらない。ぼくは寝ぼけ眼《まなこ》で寝場所を探したけれども、いいところが見つからなかった。それでぼくはこっそり蔵の中に入り込んだ。蔵の窓からは明るい陽光が射し込んでいる。陽光の中で、タブザンが目を大きく見開いて本を読んでいる。ひっそりと静まり返っているけれども、陽光に照らされて、塵が舞い踊っている。ぼくはそこへ忍び込み、ひだまりになっている羊の毛皮の上に寝そべってみた。そこはふわふわと柔らかく、ぽかぽかと暖かかった。とそのとき、悪童タブザンが本を閉じて、腕を伸ばしながらあくびをしだした。この悪童が日がな一日読んでいる本は、ケサル王物語だった。でも猫の世界には王などいないし、ぼくは特段興味もない。それよりこの悪童がぼくのおひさまをさえぎるばかりか、心地よい眠りも妨げるのには閉口させられたのでこう言ってやった。「ニャニャ！　冬のおひさまには持ち主がいるんだぞ！　ニャニャ！」すると悪童めは、ぼくが隣に寝そべっているのに気づき、「変な声出しやがってなんだよ。こうしてほしいのか」と怒って蹴りを入れてきた。目の前を星がちらついて、引っかき回された内臓はどろどろのバターと化した。ぼくは前後不覚に陥り、痛みに耐えきれず、蔵の隅っこで縮こまっていた。

少し痛みが引いて顔を上げると、雀が窓の外でさえずっていた。ぼくは顔を洗った。

「ニャニャ」ぼくは言った。「静かにしてよ！」

「チュンチュン」雀は言った。「あの弾き弓のガキはどっか行っちゃった？」

「ニャーニャ。山に放牧に行ったよ。弾き弓を持ってね」

「チュンチュン。まったく因果応報を恐れないガキだ。雀を狙うなんて」

「ニャーニャー」ぼくは訊いた。「雀ってただの鳥じゃないの?」

「チュンチュン。昔は雀は精霊だと思われてたからね。だから傷つけられることもなかった」

ぼくはこいつの言うことは筋が通ってると思った。そういやロブザンが撃ち落としてぼくにくれた雀はたいして美味くなかった。でもこんな話は雀に言っちゃいけない。ぼくがロブザンを裏で操っている凶悪犯だと思われちゃうからな。

適当にとりつくろおうと思っていたら、雀はチュンチュンとさえずりながら飛び去ってしまった。

ふと気づくと、髭面の男が猛然と蔵の中に入ってきたので、ぼくはびっくりして跳び上がった。「おいおい、お前ってやつは、算数0点、漢語0点、チベット語も0点だってのに、勉強もしないでケサル王物語を読みふけってるのか。もし学校でケサル王物語の授業があれば百点満点なんだろうがな!」髭面の主人が髭を逆立ててタブザンを叱りつけている。黄色い陽光の中で、主人の唾のしぶきが塵よりもたくさん舞った。「ニャニャ! うれしいなったらたのしいな」ぼくは蹴られた痛みも忘れて悪童タブザンを見た。悪童はぼくの歌を泣き声だと勘違いしたらしく、ぼくを抱き上げてなでながら、思いの丈を余さずぼくに語り始めた。

「試験、試験、試験!」髭面の大人の真似をしてるらしい。「大人は試験、試験ってそればっかりだ。学校に行っても教養を学ぶんじゃなくて試験の勉強をしてるだけだよ。教養なんて、そもそも点数ではかれるもんかよ。それをまるで現金みたいに数字ではかるなんて馬鹿馬鹿しいったらありゃしない。ケサル王物語は教養じゃないってさ。じゃあ、赤い字で書かれた点数こそが教養だっていうの？」タブザンは大いに腹を立てて、がらんとした部屋の中で毒づいていた。もしぼくの側にいる、十歳にも満たないこの子の口から発せられたこの批判が、眼鏡をかけた先生の耳に入ったら、先生は怒りに打ち震えるに違いない。この話を聞いているうちに、ぼくは目の前のタブザンという男の子がかわいそうになった。ぼくたち猫には、学校も先生も、試験も、点数も何にもないんだからよかったなあ。もしそんなものがあったら、ぼくらにはぬくぬくと暖かい寝床を探す暇などないだろう。ぼくもびん底眼鏡みたいのをかけて、点数を計算してたに違いない。

　この打ち明け話を聞いて以来、ぼくら二人は友だちになった。タブザンは、壺からあふれ出てくるみたいにいくらでもケサル王の物語を語ってくれた。中でもぼくが好きなのは「モン国とリン国の決戦の巻」だった。特に一脚鬼《いっきゃくおに》の白いテウランがぼくのお気に入りのキャラクターだ。

　その翌日、おかみさんが髭面の主人の髭を見て嫌そうな顔をして文句を言った。「いい加減に髭を剃ったらどうなの。そんな髭、邪魔だし、見てるほうも気分が悪いわ」と切り出した。主人は自分の宝物でもなでるように髭をなでつけながら、「何言ってんだ。おまえは昔のチベットのことわざを知らんのか。男の顔に必要なのは髭、女の顔に必要なのは笑顔ってな」それを聞いた瞬間、「あはは」とタブザンが笑った。「ニャアニャア」とぼくも笑った。そんなことわざはケサル王物語に出てきやしない。だから主人がたった今自分で作ったものだってことがわかったのだ。主人はタブザンをにらみつけて、「大人がことわざを言ったというのに、子供が体を震わせて笑うとは、どういうことだ」と言った。

「いずれ閻魔様の前に行くってのに、髭だの笑顔だの、いったい何の役に立つってのさ」おかみさんは主人の髭を指して、滞った借金の返済を迫るみたいに言った。その翌日、何の前触れもなく大雪が降った。ぼくの話もこの日で終わりになる。でも、話が終わったらぼくも死ぬっていう意味じゃないんだ。ぼくのこの話は小説じゃないし、映画でもない。小説や映画では主人公が愛にかこつけて自殺したり、主人公を好きな可愛い女の子が主人公のために自殺したりする。自分のことを可愛いと思っている人間ならそういったたぐいの小説を読んだり映画を観たりすると泣くのかもしれないけど、ぼくたち猫は愛なんていうおもちゃを持ち合わせちゃいない。だからぼくはそんな言葉じゃ騙されない。それにぼくは東チベットはカムに生まれた猫だ。カムの女性に「愛、愛」と百回繰り返したって伝わらないだろう。ぼくのこの物語の内容は、愛なんてものがないままに、目に見えるもの、心で感じるものを、なんとかして文字にしたためたものなんだ。ぼくの物語もまもなく終わる。この物語の主人公は「ほら貝」っていう名前の猫だ。この物語の主人公は猫ってわけだ。あれ？　猫は登場「人」物でいいのかな。

この物語の主人公、ほら貝という名の猫は今、一歳にも満たないというのに死を迎えようとしている。人間なら「一年とは何と短いのだろう」と嘆息するところかもしれないけど、ぼくにしてみれば一年はすごく長い。一年の間にぼくは成長した。母さんがぼくに語ってくれた物語はみんな理解できるようになった。もう物語は終わりに近づいている。母さんの言うには、ぼくたち三兄妹は雪の降る朝に生まれたらしい。かつて母さんが「雪の降る朝」について語ってくれたとき、ぼくの心にはお乳とねずみが思い浮かんだものだけれども、今まさに、たとえ話で説明してもらうまでもなく、「雪の降る朝」をこの目で見ることができた。雪が降ると、人間たちは好んで空想にふけるものだけど、ぼくも空想するのが好きな猫だ。一年前にぼくが泣き声を上げながら真っ白な世界に生み落とされて、一年後、ぼくは静かで真っ白な世界を目の当たりにして茫然としている。真っ白な世界は一年前と何の代わり映えもないのだろうけど、ぼくは成長した。こうして雪の降るさまを茫然と見つめているうちに、ぼくの心も落ち着いていく気がして、五臓六腑も鏡のように透明になっていく。そして雪が鏡に舞い落ちてくる。鏡の中の全てが一つの色になっていく。空想好きのぼくは、厠《かわや》の窓から雪の降るさまを眺めながら、こんなことを考えていた。

振り返ってみると、その日は雪の白さが上回り、夜になっても暗くならなかった。雪の降りしきる中、鳴きながら空を旋回していたカラスが太陽と月と星のかわりにこの世界を彩った。空想好きな人間たちが、ストーブのまわりに集まって、物語を語り始めた。物語の中では雪は降りそうになかったけれど。雪のない物語が尽きたちょうどそのとき、母さんの話に出てきたねずみが現れた。雪が降っていると、誰しも好んでまぼろしを見るのかもな。

ストーブの上ではトゥクパがぐつぐつ煮えている。いい匂いが漂ってきて、ストーブの下に寝そべっていたぼくは、おちおち眠ってもいられなかった。ストーブを囲んでいる人間たちがトゥクパをすすろうとしていたときのこと、ぼくもストーブの下から顔を出して、トゥクパにありつけるかしらんときょろきょろあたりを見回した。そして、トゥクパの湯気が吸い込まれていく天窓を見上げたちょうどそのときだった。へんてこな鳴き声を上げながら、目をキョロキョロさせ、鼻をひくひくさせている二匹の生き物が姿を現した。ぼくはその二匹こそ「ねずみ」ってやつだと確信した。その二匹は天窓の端で言い争っている。ぼくも人間たちも驚いて、二匹の喧嘩を見上げていた。一匹は雌で、おずおずとついてくる雄のねずみに、食ってかかろうとしている。

雄ねずみは大変な過ちをおかした子供のように「ごめんなさい」とこうべをたれている。「それじゃあ正直に言いなさいよ」雌ねずみは鼻をひくひくさせながら雄ねずみに向かって言った。「昨日の晩、あんたいったいどこのクソを食らいに行ったわけ?」雄ねずみは恥ずかしそうにしており、がっくり肩を落としていた。「わかった。本当のことを言うよ。昨日の晩メトク・ドンマと逢引したのが大きな間違いだったんだ。でもぼくがどんな悪いことをしても、大丈夫。ぼくの心には君しかいないんだ」爪の伸びた両手を自分の胸元で合わせた。その言葉を聞いた雌ねずみは怒りのあまり体をぶるぶると震わせた。そして目をむいて雄ねずみをにらみつけたかと思うと「何が大丈夫なわけ。大丈夫っていったい何なのよ。恥知らず！　これでも食らえ！」と言い放ち、雄ねずみにびんたを食らわせた。びんたを食らわされて転んでしまった雄ねずみは、自分のほっぺたをおさえながらひざまずくと、「これで君の気がすむのならいいさ」とつぶやいた。

雄ねずみが言い終わる前に、雌ねずみはありったけの力で再びびんたを食らわせた。雄ねずみは転げ回ったあと、もう一度立ち上がった。でもめまいを起こしたのか、ふらふらと雌ねずみに近づこうとしたとき、体のバランスを崩して天窓から落ちてしまった――

ぼくが二匹のねずみの妄想から覚めたとき、髭面の主人の叫び声と次男坊のタブザンの泣き声で大騒ぎになっていた。あろうことか、雄ねずみがトゥクパがたっぷりはいった鍋の中にざんぶと落ちてきたのだ。鍋からこぼれた熱々のトゥクパは、ぼくの全身にかかった。ぼくは大声で叫びながら振り向きもせずに逃げ出した。逃げているあいだじゅう、ぼくは母さんを思い出していた。母さんはぼくに「ねずみ退治は猫の使命なんだよ」と言った。でも今、猫のぼくはトゥクパに殺されようとしている。熱いトゥクパで大火傷を負ったぼくは、記憶をたどって道へと飛び出した。走っているうちに疲れて足も動かなくなった。ぼくは恐怖と痛みと疲労で打ちのめされていた。口元まで雪に埋もれてしまいそうだ。見渡す限り雪が広がっている。ぼくは自分の足跡をたどって戻ろうかと思ったけれども、ぼくの後ろにも足跡は見えなかった。「ニャアニャア」ぼくは雪の降りしきる中、「ぼくはどこにいるの」と世界に向かって尋ねた。でも、世界はしんしんと雪を降らせるばかりだった。

（星泉　訳）

ごみ

ツェワン・ナムジャ

◇ツェワン・ナムジャ

ཚེ་དབང་རྣམ་རྒྱལ།　才項南傑

1988年、中国青海省海南チベット族自治州貴徳県の牧畜村に生まれる。中央民族大学在学中の2012年に「飲ん兵衛」で文芸誌デビューを果たし、「金持ちの貧乏人」「お待ちしてます」「扉」「壁」「はみ出し者」などの短編小説を次々と発表している。2018年には「ごみ」で第9回ダンチャル文学賞新人賞受賞、2021年には「錠」で第10回ダンチャル文学賞受賞。ラサのテレビ局に勤務しながら執筆活動を続けている。

どこからともなく風が吹きつけてきて、拾ったばかりの大きなビニール袋がバタバタいいはじめる。タプンは今日もまたこの高いごみの山のてっぺんにやって来たんだなあと実感する。さっきまで体じゅうの穴という穴から噴き出していた汗がみるみる冷えて乾いていく。そのきりりとした冷たい風がヒマラヤの向こう側から吹いてくることをタプンは知っている。

ヒマラヤ山脈とそれに連なるチョモランマといった山々が、ラサへの幾多の風の到来を阻む壁となっている。もしヒマラヤ山脈がなければ、この街も、ラサのおばあさんたちみたいにこんなに皺だらけで白茶けているはずがない。それはタプンが表紙の取れてしまった本から学んだ地理の知識だった。その本もこのうず高いごみの山から見つけたものだ。向こうの街からごみとして捨てられる物の中にはまだまだ探し出す値打ちのあるものがたくさんある。タプンはそう思っている。

タプンはこの高いごみの山のてっぺんに立つと喜びがこみ上げてくる。テンジン・タシ翁が登ってこられないからでもあるし、ラサという名の高原の大都会を一望できるからでもある。彼はごみの山のてっぺんから遠くを見渡すのが大好きだ。もはや習い性といってもいいだろう。

見渡すたびに、ラサという都会と高いごみの山の間の、決して縮めることのできない隔たりを思い知らされる。タプンはそのたびに、自分も足元のごみと同じように向こうの都会から誰かに打ち捨てられてきたんじゃないかと思うのだった。

でも、こうも思うのだ。自分とごみが都会に捨てられたのではなくて、向こうの都会こそ、自分とごみによって打ち捨てられた残骸なのだと。

今はちょうど、ラサというこの細長い谷が一日のうちで一番暑くなる時間帯だ。世界で一番人間との距離が近いことで知られるラサの太陽は、正午を回って少し傾いてきている。しかしごみ拾いの連中はまだ、このうず高いごみの山の山腹から麓に至るまでのあらゆる場所で、タプンに言わせれば決してごみではないごみを探し回っている。

彼らが一日かけて集めた紙屑やビニール袋、缶、電化製品、割れたガラス、ボロ布、鉄屑、他にも靴や冬用の綿入れ、うまくすれば壊れたテレビ、背もたれつきの椅子、食器セットなど、古くなったもの、壊れてしまったもの、擦り切れてしまったもの、つまりは不用品となったものを集めて、ごみの主と呼ばれている四川から来た背の低い漢人に売るのだ。タプンたちごみ拾いは、そこで初めて一日分の収入を得る。タプンに言わせれば、然るべきごみの値打ちを見出したということだ。彼は自分の集めたごみの値打ちは人の顔が印刷されたこんな紙切れじゃ計れないもんだと思っている。逆に周りのごみ拾いの連中は、連中が集めたごみと同等の価値しかないとも思っている。

でも、ドルマだけは違う。絶対に違う。

タプンはごみの山のてっぺんに立って、ドルマの姿を目でこっそり追っていた。こうやってごみ拾いをしながらドルマを目で追うのは彼の大好きなひと時だ。実はこれこそタプンがごみの山の頂に登る真の目的といっていいかもしれない。ともかくタプンは、ドルマはそんじょそこらのドルマとは違うと信じている。チベットにはターラー菩薩〈観音菩薩の女性形〉を意味するドルマという名を持つ娘は多いけれど、彼の目の前でごみを集めているこのドルマこそが、本物のドルマだ。このごみ拾いのドルマと比べたら、あっちの街中にごまんといるドルマはみんなごみに見えてくる。でも、ドルマがいざこっちを見ようものなら、落ち着かなくなって目をそらしてしまうか、つい何か適当なおしゃべりを始めてしまう。

「テンタ爺さん〈テンジン・タシ翁の愛称〉、こっちへおいでよ。このあたりはいいごみがたくさんあるし、ヒマラヤの涼風に吹かれるのも気持ちいいよ」

ラサを囲む山々の間からひんやりとした風が吹いてくると、タプンはこう言ってテンジン・タシ翁にちょっかいを出す。すると爺様と周りの連中は、しばしごみを拾う手を止めてタプンの方を見上げ、どっと笑う。

ドルマもタプンを見つめる。タプンが「ヒマラヤの涼風」と言うと、ドルマはインテリっぽくて素敵だなと思う。こんな言葉遣いをする人間はドルマの周りでは彼だけだ。

ドルマが彼に魅かれるのはそれだけではない。かつてラサのパルコル〈ラサ中心部の巡礼路〉で物乞いをしていたときに彼と知り合い、この仕事を紹介してもらったのだ。初めてこの高いごみの山のてっぺんに連れてきてくれたのもタプンだ。その日、ドルマは彼に連れられてごみの山のてっぺんに立ち、ラサという名の高原の都会を見渡した。もつれてくしゃくしゃの髪を風に揺らしながら小躍りした。

「わあ、ラサってこんなふうだったのね！」

ドルマがこんな快哉をあげたものだから、タプンは彼女のことがすっかり気に入った。

「もしずっとパルコルにいたら、ラサの街がこんなふうに見えることなんて知らなかった。うわあ、ごみの山がこんなに高いなんて！　まるで本物の山みたい」

その日、ドルマが本物の山みたいと言った瞬間、ラサを囲む山々の間から涼やかな風が吹いてきて、ドルマのもつれた髪を揺らした。タプンは、それはヒマラヤ山脈の向こうから吹いてくる風で、ラサにたどり着く前にヒマラヤ山脈の向こうで押し止められているんだと話してやった。

ドルマはタプンが揺るぎない口ぶりで話すのを聞きながら、彼の痩せて骨ばった、よく日に焼けた顔に思慮深さを見てとった。この人なら信じられる。心の奥底で彼のことがぐっと身近に感じられたのだった。

タプンはその日のことを思い出しながら、再びドルマの方を見やると、ドルマはいつもと同じようにじっくりと吟味しながらごみを拾っている。他のごみ拾いの連中も、自分の持ち場をうろうろしながらあちこちをひっくり返してごみを集め続けている。その様子を見ていると、そこにあたかもこの上なく貴重な宝物が埋まっているかのようだった。テンジン・タシ翁も最高のごみを、いの一番に手に入れようとうろつきまわっている。タプンには爺さんが前世もごみ拾いをしていたんじゃないかと思えたし、来世もごみ拾いに生まれるんじゃないかとすら思えた。タプンもてっぺんから降りて、他のごみ拾い連中と一緒にごみをひっくり返し始めた。

ほどなくしてタプンは大きくて質のいいビニール袋に入ったごみを見つけた。袋の中には紙皿にビールの空き缶、煙草の空き箱など、同じものばかりどっさり入っていたので、こいつは怠け者の独身男だろうなとあたりをつけた。ごみを袋に放り込んでいると、街の若者たちの暮らしも自分と大差ないじゃないかと思えてきた。少なくとも自分にはそんじょそこらのドルマとは似ても似つかないドルマがいる。そう思った瞬間、心の底から笑いがこみ上げてきて、思わず吹き出してしまった。周りのごみ拾いの連中は一斉にタプンの方を見た。

しかしタプンは周りの連中のことなど意に介さず、一心にごみを拾い続けた。あの連中はちんけなごみしか見たことがないから、たいしたことのないものでもよく見えたりしてしまうんだ。タプンはそんなふうに思ってごみを拾っていた。ふと前を見やると、赤い布団のようなものがある。よく見るとどうやら新品だ。テンジン・タシ翁が見つけてしまう前に何としても自分のものにしなくては。急いで手を伸ばし、手元にたぐり寄せてみると、中には何か重たいものが入っている。

タプンは慌てた。この重たいものはいったい何だろう。中を覗き込んだ彼は、ヒマラヤ山脈から吹きつけてくる冷たい風で凍りついてしまったかのように、身動きできなくなった。なんと、布団にくるまっていたのは赤ん坊だったのだ。

タプンは赤いおくるみにくるまった赤ん坊を抱き上げた。二十年間というものごみを拾ってきたが、こんなごみは見たことがない。それにこれをごみと呼ぶのは似つかわしくないと思ったので、ここに子供がいるぞと叫んだ。

周りのごみ拾いの連中が一人、二人と集まってきた。赤ん坊の顔や頭についていた埃はタプンがもうきれいに拭ってやっていた。みんなの前でおくるみを開けると、皺くちゃの裸の赤ん坊が現れた。

この世にやってきたばかりで早くもごみの仲間入りをすることになった新しい命。体じゅう埃まみれの彼らは、それを目の当たりにして茫然と立ちつくすしかなかった。みなタプンと同じように何年もごみ拾いをしていても、こんなごみは見たことがなかったからかもしれない。あるいは新しい命を目の前にして、ただただ言葉を失ってしまったのかもしれない。

「それに女の子なんだよ」

タプンが再び大声を上げると、周りの連中はようやく一息ついて、ある者は笑みを浮かべ、ある者は一言二言交わしたものの、それ以上の動きは何一つなかった。タプンは自分と赤ん坊を取り囲む面々に視線を走らせてみたが、誰もが絵に描かれた人物みたいにさっきと同じ表情のまま固まっている。ようやくテンジン・タシ翁が声を張り上げて言った。「タプン、その子はとっくに死んじまってる」

タプンがすぐさま顔を覗き込むと、赤ん坊は周りの動きを感じ取ったかのように薄く目を開け、手足を曲げたり伸ばしたりしたかと思うと、大声で泣き出した。ほら、生きてるじゃないか。なのにテンジン・タシ翁はどうしてあんなことを言うんだろう。訝しく思いながら爺様の方を見ると、生涯ずっと高原の太陽に晒されて黒く日焼けした顔に、何とも言えない切ない表情を浮かべていた。そして長いため息をついたかと思うと首を横にふった。

周りのごみ拾いの連中もうなだれて、それぞれの持ち場に戻っていった。そのさまは、まるで何か過ちでも犯したか、はたまた悪事でも働いたかのようだった。タプンは彼らが静かに立ち去っていく姿に、後悔の念か、あるいはやるせない思いを感じ取っていた。

「タプン、よく考えろよ。俺たちはごみ拾いでなんとか食いつないでいる身なんだぞ」

テンジン・タシ翁の言葉はタプンの耳に鐘のように響いた。この一言で自分の収入がいかほどなのか、そして自分の家の状況がどんなだったか思い出させられた。いやそれどころではない。さっきごみの中から拾いあげたこの命をまたごみの中に戻したら、罪を犯すことになるではないか。タプンはようやく、みなが立ち去るときのやるせない表情が腑に落ちた。今日この日になんの因果か見つけてしまったこのごみは、単なるごみではなかったのだ。

世界で一番人間との距離が近いというラサの太陽は、いまだこの細長い谷に留まっている。チベット高原に鎮座している太陽はいつもと同じようにラサの谷にしつこく居座っている。赤いおくるみは陽光のもとではなんと目にしみるものだろう。陽光があまりに強いので、汗まみれの体はどんどん乾いていく。タプンはヒマラヤの向こうからくる涼風が、今こそ吹いてくれたらいいのにと思っていた。

なんの因果か拾ってしまったこのごみ、もしくは招かれざる客としてやってきたこの命のせいで、ごみを拾い集める気力がすっかり失せてしまった。彼は赤ん坊をもう一度おくるみにくるむと、ごみの山からほど近いところにある窪地に行った。タプンはそこに赤ん坊を赤いおくるみにくるんだまま置き、どんよりとした気分で立ち尽くしていた。とそのとき、得体の知れない強烈な力に引っ張られて地面に尻をしたたかに打ちつけてしまった。堪え難い激痛が尾てい骨から脳天まで一気に駆け上ったかと思うと、かき鳴らされるマンドリンの音色のごとく、じんじんとした痛みが全身に広がった。

心にまで襲いかかってきたこの痛みは、どう考えてもあの特別なごみが引き起こしたものに違いない。タプンは赤ん坊をちらりと見やってから、ごみの山の山腹や麓で何かを探し続けている者たちを眺めながらつぶやいた。「なんであいつらじゃなくて俺が見つけちまったんだろう」赤ん坊は相変わらず身じろぎもせず、ラサの陽射しに照らされている。タプンは再び目の前のごみの世界を一瞥すると、今度は振り返って都会の方を見つめていた。

ごみの山の麓からラサという高原の街を見下ろすと、そこは相変わらずの喧騒が渦巻き、何かに向かって突き進んでいる。思い返してみると、幼い頃からこの街はそうやって前に突き進んでいた。今や大人になったけれど、この街はいまだ飽くことなく前へ前へと向かっている。いったいいつゴールにたどり着くことができるのだろう。この街はゴールに着くまで、今日の赤いおくるみにくるまれた赤ん坊のようなごみをどれだけ捨てることになるのだろう。そう思うと恐ろしくてたまらなくなった。

赤ん坊がふいに手足を伸ばしたり縮めたりし始めたので、きっちりくるんであった赤いおくるみが崩れた。何が不満なのかむずかり出し、か弱いけれども鋭い泣き声をあげた。まるで御託宣を発するかのような力に満ちたその響きに、ごみ拾いの連中はみな凍りつき、そばにいたタプンは甲斐甲斐しく世話を焼く羽目になった。おずおずと赤ん坊に向き合ったタプンは、自分用に持ってきていた甘いミルクティーを一口含み、一滴ずつ赤ん坊の小さな口に垂らしてやった。するとどうだろう、赤ん坊は口を盛んに動かしながらお茶を飲み始めたではないか。

赤ん坊がお茶を飲んでいる間、タプンは身じろぎもせず、図体の大きな男の握りこぶしくらいしかないその小さな肉の塊に見入っていた。皺くちゃの顔、垢まみれの頭、それにビニール袋に開いた裂け目のような細い目を眺めていると、産まれてすぐの見た目が一番醜い生き物は人間じゃないかと思えてくる。でも、いつまで見ていても飽きないし、考えれば考えるほど可愛く思えてきて仕方ない。タプンはすっかり混乱してしまった。

「おい、俺はもう二十年もごみ拾いをしてきたけど、お前みたいなごみは初めてだよ。お前は本当に謎のごみだな。俺はお前の持ち主が誰なのか知らないし、お前がどういう種類のごみなのかもわからない。あるいはごみと呼ぶのもおかしいかもしれない。いずれにせよごみとして捨てられた以上、ごみの一種ではあるんだろう。でも、なんで捨てられたんだろうな」タプンは眉間にきつく皺を寄せている。その皺はいつまでも、そして誰にも解けそうにない。

今思い返してみると、二十年前の今日みたいな暑い日も、タプンという名の幼い少年がラサの路地裏でごみを拾っていた。当時はラサという高原の都会にはこれほど大量のごみはなかったし、タプン少年の周りにはこれほどたくさんのごみ拾い仲間もいなかった。しかしあっという間に時は経ち、幼かったタプンも二十歳を過ぎ、集めるごみも増え、種類も豊富になった。ありとあらゆるごみに囲まれているうちに、彼はごみに隠された秘密を知っていった。

ある種のごみは政府から出たものであること、あるものは家庭ごみであること、あるものは金持ちのごみであること、あるものは貧乏人のごみであることなどを見分けることができるようになった。さらには男のごみ、女のごみ、教師のごみ、学生のごみ、医者のごみ、患者のごみなど。タプンはどんな種類のごみであっても、見ればたちどころに、ごみを捨てた人間が誰か、どういう種類のごみか判別できるのであった。

しかしこの赤いおくるみにくるまれたごみについては、彼の理解を超えていた。誰が捨てたのかもわからないし、どういう種類のごみなのかも判別し難い。そもそもごみと数えていいのかも皆目見当がつかない。

「お前はどんなに小さくても人間だよな。ということは、あっちの都会では人間までごみとして捨てるってことか。もしあの街が人間まで捨てるなら、もはや捨てられないものなんてないんじゃないか」そばにいる小さい人間は、甘いミルクティーに満足して、動きもせず目を閉じて眠っている。それは裂けたビニール袋さながらで、窪んだところの左右にうっすらとした二本の線が引かれているようにしか見えなかった。

「ふん。俺があれこれ理屈を並べてもお前にはわからないか。正直言えば俺にだってわからない。でも今俺が知りたいのはお前をどうすべきかってことだ。もう一度ごみの中に戻せば、お前はほどなくして死んでしまうだろうし、死なせてしまったら俺は罪科を負うことになる。しかしなあ、自分が食っていくだけで精一杯だってのに、お前をうちに連れて帰れるわけがない。はあ。お前はまったく頭の痛いごみだ」

タプンがぐっすり眠っている赤ん坊に話しかけているのをごみ拾いの娘たちが見て、「タプン兄さんたら、すっかり父親らしくなっちゃって」と言いながら笑いこけている。笑い声を耳にしたタプンがうず高いごみの山を見やると、ドルマと目が合った。タプンはラサの谷が急に暑くなったように感じ、早くヒマラヤの向こうから涼風が吹いてくれないかと思うのだった。でもそのときやってきたのは涼風ではなく、ごみ拾いを中断してこっちに近づいてきたドルマだった。

「その子をどうするつもり？」

ドルマが頬にかかった髪を後ろにやる仕草を見て、タプンはやっぱりこの子が好きだと思った。

「俺もわからない」

ドルマは顔を上げて視線を逸らした。タプンのそばの赤ん坊を見たくないか、あるいはタプンを見たくないのか、そのどちらかであることは確かだった。

「ごみ拾いの身の上だってこと、忘れてないわよね。それにあなたのうちには収入のない年寄りがいるのもわかってるわよね、タプン。この子がそんな親のもとに生まれてきてしまったことが間違いなの。あなたには何の罪もないのよ」

こう言いながらドルマはタプンのそばに寄り添い、続けた。「タプン、この子を元の位置に戻してきて。もしかすると母親が取り返しにくるかもしれないし」

「取り返しに来るくらいなら捨てやしないだろ。まさにその母親に捨てられたんだぜ。運が悪いよ、俺も……」タプンは口をつぐみ、慌ててドルマの方を向いて言った。「そうか、母親は確かに戻って来るかもしれない。いやきっと来る。でも取り返しに来るわけじゃなくて、誰かがこの子を連れていってくれたかどうか、確かめに来るんだ」言い終わると、タプンは赤ん坊を赤いおくるみにくるんでもう一度ごみの山に向かった。

「ドルマ、君は本物のターラー菩薩だな」

タプンがつぶやいたこの一言はラサの谷を吹き渡る風に運ばれて、ドルマの長い髪を揺らした。でもドルマがタプンの後ろ姿を目で追いながら笑みを浮かべたのをタプンが目にすることはなかった。

冷たい風が吹くたびにラサの街に日暮れが近づいてくる。

しかしこの冷たい風は、果たしてタプンの言うように、ヒマラヤの向こうから吹いてくるものなのだろうか。いずれにしても世界で最も人間に近いというラサの太陽は、ようやく空の端に届こうとしており、陽光がラサという細長い谷に一気に流れ込み、溢れかえっている。この瞬間、ラサはまさに太陽の都だ。

ごみ拾いの連中はラサの街で働く人々と同じように自分の家に帰っていく。家路についた連中の背中は、一日かけて拾い集めたごみの荷に隠れているから、タプンの目には一切見えない。でも彼はいつものように彼らを見送り、最後にドルマの姿が遠くに見えなくなるのを確かめた後、うず高いごみの山の方を向いた。タプンの視線は、元の位置で風にはためく赤いおくるみをとらえた。夕陽がラサの中空を半分に仕切ったこの空間で、赤いおくるみは他のどんなごみよりも、ひときわ目を惹く。

ラサの谷はあまたの山の稜線に囲まれている。それはまるで羊の第三胃のような細かいひだをなしている。穏やかな涼風が、そのひだを舐めるように吹き渡っている。もはやそれがヒマラヤの向こうから吹いてきたかどうかなど、どうでもよかった。

彼がずっと待ちわびていたのは、子を愛する母親が泣きながら駆け寄ってきて、彼の見ている前で赤いおくるみもろとも抱きかかえて立ち去っていく場面だった。タプンにしてみれば、正直、母親でなくたっていい。とにかく誰かがあの子を連れていってくれたら、それで十分だと思っていた。しかし夕闇が忍び寄り、伸びてきた影が陽光を打ち消しながら近づいてきても、赤いおくるみには何の動きもなかった。タプンはどうにも落ち着かず、今生で一番嫌いな色は赤だとさえ思った。

　さらに伸びてきた夕闇が、ラサの谷を染めていた陽光をすっかり消し去るのを待ってから、タプンは山を登り始めた。しかし穴のあくほど見つめても、赤いおくるみの端が風に吹かれてパタパタとはためいているだけで、このごみの山には何も起こらない。

　急にどこからともなく吹いてきた強風がごみの山に風塵を巻き起こした。風塵はビニール袋や紙くずを一気に巻き込んで吹き荒《すさ》び、挙句の果ては赤いおくるみの上も舐めあげていった。タプンはすぐさま目をつむり、歯を食いしばってやり過ごしながら、心の中で赤いおくるみにくるまれた赤ん坊も同じように口と目を閉じていてほしいと祈っていた。

　ゆっくりと目を開けると、強風はどこかへ去ったあとだった。さっきまで狂ったように暴風が吹き荒れていたところに、どこからともなくやってきた牛の母子が佇んでいる。牛の母子はごみ拾いの連中と同じようにごみの山を角と蹄でひっくり返して何かを探している。

　とその瞬間、牛の母子がひっくり返しているのはごみの山じゃなくて、赤いおくるみの中の赤ん坊なんじゃないかという思いがよぎった。ちょうどそのとき、やんちゃな子牛がビニール袋か空き缶か何かに驚いて何回か飛び跳ねた。タプンはたまらず、身を隠していたところから飛び出し、赤いおくるみに駆け寄ろうとした。でも、はたと別の思いが脳裏をかすめた。もし今あの子の母親が近くで赤ん坊を見守っているとしたら、こんなふうに駆け寄った自分が馬鹿を見ることになるじゃないかと。

思い悩んでいるうちに、小さな子供が牛の母子を追ってやってきた。タプンはそこでようやく一息つくことができた。彼は元の位置に戻り、身を隠して、「ああ恐ろしい子だ。でもお前はラッキーなごみだな」とひとりごちた。

そう言い終わったかと思うと、世にも恐ろしい出来事が起きた。牛の母子が急に現れた子供の姿にびっくりして逃げ出し、母牛が赤いおくるみの上をのしのしと歩いていったのだ。それを見た瞬間、泣きたい衝動にかられ、その思いが叫び声となって飛び出した。その叫び声は牛の母子に怒りをぶつけているかのようでもあり、あるいはまた自分自身に怒りをぶつけているかのようでもあった。ともかくタプンは赤いおくるみのもとに駆け寄った。

赤いおくるみはぴくりともしない。人はなんと簡単に死んでしまうのだろう。今さっき雌牛が赤いおくるみを踏みつけていった一瞬の出来事がまだ脳裏にこびりついている。

タプンは心の奥底からこみ上げてくるものをなんとか抑え込み、赤いおくるみをゆっくりと開け始めた。するとこみ上げてきたものが目から溢れ出し、目の縁を濡らした。涙だった。俺が涙を流すなんて。大人になってからというもの、長いこと涙など流したことがなかったタプンは、自分の涙に戸惑っていた。

おくるみを開けてみると、赤ん坊はつぶらな瞳で彼を見つめていた。赤いおくるみの片隅に二股に分かれた蹄《ひづめ》の跡がついているのを見て、ようやくタプンは雌牛の蹄が赤ん坊に当たらなかったのだとわかった。タプンは嬉しかったが、今度は無性に腹が立ってきた。

「おい、お前はずいぶんと冗談好きなごみだな。だがな、俺には冗談に付き合ってる暇はないんだ。それに冗談を言う気力もない。せいぜいここで元気にしてろよ。俺は帰る」

タプンはそう言うとごみの山に別れを告げて自宅に向かった。脇目も振らずずんずん歩いている間、赤ん坊のか細い泣き声がBGMのように響いていた。赤ん坊の泣き声が耳に入ってくると、どうしても振り返ってしまう。そのうち振り返っても泣き声が聞こえるだけで、赤いおくるみはぼんやりと霞んで見えなくなった。

ついにラサという名の細長い谷に夕闇が訪れた。一日中どこに潜伏していたのかと思うほどの電灯が暗がりの中から次々と現れた。ヒマラヤの向こうから吹いてくる風に時おり犬の吠え声が混じる。実にラサらしい夜だ。そう思うと同時に、タプンは犬が気になってきた。そういえばラサは犬の街だった。ちょうどごみの山の方から犬の吠え声がありありと聞こえてきて、赤ん坊の泣き声を徐々に飲み込んでいった。タプンはそれを聞いて、どうにも前へと進めなくなってしまい、背負っていたごみを地面に放り出し、赤いおくるみにくるまれたあのごみの方へと駆け出したのだった。

翌朝、光の粒子が降り注ぎ、あたかも下絵に色づけを施していくかのように、この谷のありとあらゆる場所を昨日と同じさまざまな色で彩り、形をあらわにしていった。タプンは昨日とは何か変わっていてほしいと願っていたけれども、今朝も普段通りの、ごく普通の朝だった。この高いごみの山は静かにごみ拾いの者たちを待っているばかりで、タプンが望む動きは何ひとつなかった。もちろん赤いおくるみには何の変化も起きてはおらず、昨日の場所で朝の冷たい風に吹かれて端がパタパタと揺れているばかりだった。

その様子はタプンの目にも入っているに違いない。彼はごみの山の麓に身を隠し、赤いおくるみの様子を窺っている。今朝タプンが赤いおくるみをそっと昨日と同じ場所に置いたとき、ラサという細長い谷はまだ夜明けを迎えていなかった。もしよく知らない人が見たら、このごみの山も本物の山と見紛うことだろう。この赤ん坊の母親も、おそらくこの時間帯にこの子を捨てに来たんじゃないかとタプンは思った。しかし今やラサの谷はあまねく陽光に照らされ、視界がどんどん開けてきている。

タプンの願っているような変化は何も起こらない。でも彼は疲れた様子一つ見せず、谷が徐々に明るくなってくるにつれ、信じる思いを募らせていた。赤いおくるみを見守りながら、自分の願う出来事が起こると信じている。

タプンが望んでいたのは、赤ん坊の母親が現れることではない。母親なんてどうでもいい。

母親が泣きながら駆け寄ってきて我が子を抱き上げて連れ帰ることなど露ほども期待していない。タプンが待っているのは、自分と同じような誰かがどこからかこのごみの山の麓にやってきて、愛おしそうに赤ん坊を連れて行ってくれることだ。もし本当にそんな誰かが現れたら、絶対に感動する場面だと思って今から心の準備をしている。そんな人物が赤いおくるみのもとに現れたら、狩人に驚いた鹿よろしく一目散に家に帰るつもりだ。

タプンはさっきからずっとごみの山を見つめている。

しかし彼の見たい出来事は一向に起こらない。タプンはあれやこれやと考えを巡らせた。何を考えるにしてもごみとは切り離せないのが習い性だ。何の因果か見つけてしまったあのごみを見守りつつ、ごみとは何だろうかと考えていた。

ごみとはいったい何なのだろう。以前はこの問いにはっきりとした答えを持っていた。タプンは当初、ごみとは向こうの街の人間たちが見い出せなかった価値だと思っていた。しかし昨日の午後見つけたこのごみのせいで、タプンの思うごみの概念がガラガラと音を立てて崩れた。今はごみとは何かと問われても、自信をもって答えることができない。タプンは赤いおくるみにくるまれた赤ん坊がごみといえるのかどうか考えた。そう考えてみると、自分だってごみなのではないかと思えてくる。向こうの都会では人間までごみとして捨ててしまうというなら、もはやごみとして捨てられないものなどあるまい。

しかしいくら考えてもわからないのは、タプンが前から抱いている疑問なのだが、向こうの都会にはまだ捨てられるごみはいったいどれほどあるのかということだった。

世界で最も人間に近いというラサの太陽が、より近くに迫ってきた。ごみの山の麓にはいまだタプンが待ち望む人物は現れない。だが彼はまだまだ自分と同じような、見知らぬ人物が現れるのを待っている。ここに至って初めて、タプンは自分の暮らしているこの土地がまったく救いようのないところだと実感した。チベット高原が地球の背骨だというのが本当なら、ラサという谷は、人間の背骨で言えば、腰のあたりの窪みにあたるはずだ。もしそうなら、その背骨はよぼよぼの老人の背中に違いない。タプンはそう思うのだった。

ごみ拾いの連中がぼちぼちごみの山の麓に集まってきた。しかしその中にタプンが待ちわびている誰かは見当たらない。愛おしげに赤ん坊を連れて行ってくれる人物はもう現れないと悟ると、タプンもごみ拾いを始めた。

テンジン・タシ翁とタプンの二人は普段はこのごみの世界では一番のやり手で、ボロボロのビニール袋でさえ取り合う仲だけれども、今日のタプンにはいつもと違ってはつらつとしたところがない。昨日何の因果か見つけてしまった赤ん坊を背中におぶって、ごみの山の麓でぼんやりとしている。今日はごみの山のてっぺんにも登らず、吹いてくる涼風にヒマラヤの寒気が含まれているかどうか吟味することもしない。おぶっている赤ん坊が重すぎるからなのか、そうでないなら、きっとドルマのせいなんだろう。

とにかく今日のドルマはいつもと違っていて、まるで別人になってしまったかのようだ。いつもならドルマはタプンのそばに嬉しそうに寄ってきて、何やかやと楽しそうにおしゃべりをするのが常だ。いつもならタプンがちょっと面白いことを言っただけで、他のごみ拾い連中よりもよく笑ったし、ニコニコしていたものだ。しかし今日は、朝ごみ拾いに来てからというもの、ドルマはタプンに話しかけてもこないし、目を合わせてもこない。彼女はそうやってタプンと距離を置いたままごみ拾いをしている。タプンが彼女の方をちらちらと見ても、目の前のごみを拾い続けるばかりで、彼の方を見ようともしない。近づこうとしても、わざと遠くへ行ってしまうので、今日は彼女との距離をどうしても縮めることができない。

「ドルマ、なんで俺を避けるんだよ」

今度はタプンは周りのごみ拾い連中に憚ることもなく、ドルマの前に立ちはだかった。

「別に何でもないわ。あなたがおぶってるごみが怖いだけ」

ドルマが頬にかかった髪を後ろに流す。タプンは相変わらずこの仕草が好きだ。

「違うんだ、ドルマ。この子はごみなんかじゃない」

タプンは思わず一歩前に進み出た。今口をついて出た一言をなんとか引っ込めたい一心だった。

「それがごみじゃないっていうなら、私をごみみたいに捨てればいいわ」

ドルマはこう言い捨てると、手に持っていたごみを放り投げ、向こうのごみの山の、タプンの見えない方に去っていった。

それを見ていた周りのごみ拾いの連中は待ってましたとばかりに笑い転げている。タプンは恥ずかしさで体がかあっと熱くなった。ラサというこの細長い街はなぜこんなに暑いんだろうか。ヒマラヤの寒気が運んでくる爽やかな涼風が吹いてくれたらいいのに。

でもラサの街は今が一番暑い時間帯だ。太陽という名の光の塊は、正午を回って少し傾いてきた。ヒマラヤの寒気が運んでくる涼風どころか、ラサの谷でおなじみのいつもの風すら吹かない。

タプンはそれ以上ごみ拾いを続けられなくなり、ドルマがごみ呼ばわりした赤ん坊をおぶって少し開けたところにある窪地に行った。そこに赤ん坊を下ろし、赤いおくるみの上に寝かせると、タプンはごみの山に向かって声を張り上げ、軽口を叩いた。

「ロサンの兄貴、兄さんのとこは息子一人だろ。この女の子をもらってくれないか。小さいうちは息子の遊び相手、大きくなったら息子の嫁にしたらどうだい」タプンがロサンの兄貴にそう言うと、周りの連中はごみを拾う手を止め、タプンのおふざけに耳を傾ける。彼らはタプンの軽口が好きで、一日の暮らしの中で一番楽しいひとときなのだ。

「タプンさんよ、うちには息子が一人いるから心配いらないよ。でもあんたはドルマにふられたばっかりだから、その子はあんたの老後の頼みにしたらいい」ロサンの兄貴の一言に周りの連中は大笑いしたが、タプンは黙るしかなかった。

　それからタプンはごみの山の麓でごみを拾っているパサン・ドルカル姉さんを見かけたので、声を張り上げて言った。「パドル〈パサン・ドルカルの愛称〉姉さんにこの子をあげようかな。姉さんもそろそろいい歳だから、高齢出産で苦労するだろ。まあもっと言えば結婚相手が見つかるかどうかも怪しいもんだけど」そのとたん、パサン・ドルカルからビールの空き缶が飛んできた。

　そうこうするうちにテンジン・タシ翁がやってきた。「爺さん、すっかり忘れてたよ。俺たちの中で跡継ぎがいないといえば爺さんだったな。この子は爺さんにもらってもらうのがいいや」タプンが皮肉たっぷりに言うと、テンジン・タシ翁はいつものように少し笑っただけで、口をつぐんでいた。爺さんはタプンに近づいてきて、隣に腰を下ろすと、ふいに思いついたかのように言った。「タプン、その子を連れて街に行った方がいいぞ」

「ふふん。この子は街でごみになってここに来たんだ。また街に連れてってどうするってんだ」タプンは屈託なく言うと、赤ん坊をちらりと見やってさらに続けた。「俺たちの中でこんなごみを見つけたのは俺だけだぜ」

「わしの思うに、街に行って警察に届けた方がいい」

この一言を耳にした瞬間、タプンは自分の目の前にいる老人を見てはっとした。これまでともにごみの奪い合いをしてきた爺さんが急に見知らぬ人になったかのような気がした。タプンは何かを悟ったかのように、「爺さん、あんたって人はまったく、奪い合いに勝てないタイプだぜ」と捨て台詞を放つと、赤いおくるみを背に、街の方へと降りていった。

ごみの山のてっぺんからこの街を眺めると、高さもさまざまな四角いものが大量に並んでいるように見えたが、実際に路地に入り込んでみると、長さも種類も異なる直線が編みあげられているように見える。ラサの街はほぼ四角と直線だけで出来ているんだと、そのとき初めて気づいた。どこから伸びてきたのかも、どこへ進んでいくのかもわからない棒線のような道路の交わる交差点で、タプンは途方に暮れていた。でも周囲の人も車もみな、目の前の道を前へ前へと進んでいる。やつらは進むべき方向をとっくに見つけているんだろう。

道端で休んでいる年寄りに尋ねてみたところ、交番はすぐそこだった。交番は外からも中からも丸見えのガラス張りだ。いつかこのガラスがごみとして廃棄されたら、テンジン・タシ翁に見つからないうちに拾ってやるんだ。

「この子の母親を探しに来ました」

「母親って君の奥さんかい？　名前は？」

「いいえ」

「名前は?」

「知りません」

「じゃあ、写真はあるのか?」

「ありません」

「じゃあ、母親のことで他に知っていることは? 例えば容姿とか、服の色とか」

「何もわかりません。この子はごみの山で見つけたんです」

「悪いけど、それじゃあ我々も手のくだしようがないよ」

少し会話を交わしただけで、タプンはガラス張りの交番を後にした。外ではあらゆるものがさっきと同じ喧騒の渦の中、どこかへ突き進んでいるようだった。しかしタプンはどこへ向かったらいいのかもわからず、途方に暮れていた。とそのとき、ガラス張りの交番から警官が顔を出してこう言った。「なあ、病院に行ったらどうだい。出産のときの記録があるかもしれないぞ」

病院の門を通って敷地に入ると、病院の入り口もガラス張りだった。都会にはガラス扉が多いが、外から中が見えるようにというより、中から外が見えるようにしているのだろう。タプンは敷地を通って病院内に入ってみたが、中も外と同じように人だらけだった。外に負けないくらい騒がしく、さっきまで外にいた人間が一挙に病院に詰め込まれたのではないかと思うほどだった。

「病室は？　新生児を連れ出したらだめじゃない」

「あの、入院してるわけじゃなくて」

「診察ならあっちに並んで。そんなこともわからないの？」

「診察でもなくて、この子の母親を探しに来たんです。この子はごみの山で拾ったもんで……」

「捨て子なら児童福祉施設よ。病院なんかに連れて来てどうするの」

そのうち看護師は誰かに呼ばれて行ってしまった。結局たいした話もできなかった。外に出たときにはもう夕闇が迫っていた。ビルや街路樹には光の輪が残されているだけで、世界で最も人間に近いというラサの太陽はもはや遠くへ遠くへと去ろうとしている。大きな影をこの街がまとっている服と見立てると、光の輪はその服に当てられた丸いつぎはぎのようだった。

「みなしごちゃん、君は誰にも必要とされないごみだね。施設でも要らないって言われたら、俺、君をどこかの路地に捨てちまうかもな」タプンはこうつぶやき、赤ん坊の顔を覗き込むと、児童福祉施設へ向かった。

職員室で施設の所長と向かい合って座っていると、外からは大勢の子供たちが遊ぶ賑やかな声が聞こえてくる。職員室の窓から外を見ると、七、八歳の子供たちが追いかけっこをして楽しげに遊んでいる。この子たちも誰かにごみとして捨てられたのだろうか。

「まあまあ、お茶を召し上がって」所長はタプンをもてなしてくれ、にこやかに言った。「事情はよくわかりました。あなたは本物の菩薩の心をお持ちだ。もしこの世の中があなたのような人ばかりなら、こんな施設などいらないんですよ。私だって自分に合った別の仕事ができるってもんです。わっはっは」

タプンはなんと返してよいものやらわからず、愛想笑いをして、また外で遊ぶ子供たちの様子をちらりと見やった。

「しかしですな、この子はまだ赤ちゃんでしょう。うちの施設にしてみると小さ過ぎるんですわ。見ておわかりの通り、うちには子供が大勢いるんですよ。われわれ職員が息つく間もなく働いても追いつかないほどでしてね。さらに赤ちゃんまで預かった日には、ああ、われわれの首が回らなくなってしまいます。でも安心してください。この子は必ずやうちの施設で引き取りますから。ただその前にお宅で二、三年ほど世話をしてくれませんかね。大勢のごみ拾いの中で、まさにあなたが見つけたというのは、ご縁があったということじゃありませんか。ねえ、ははは。二、三年はどうか面倒を見てやってくださいよ」

施設を出ると、日はとっぷり暮れていた。

日が暮れてしまったので、タプンは自分の家に帰る道を見つけるのも苦労するほどだった。しかし自宅に戻るより他ない。彼は赤いおくるみの赤ん坊をもう一度背負い直し、「ほらね。

君は誰にも必要とされないごみなんだ」と話しかけた。そして街灯の明かりを頼りに帰路についた。

施設にほど近い道端にボンネットのあるマイクロバスが停まっている。赤ん坊をおんぶした彼がその脇を通り抜けようとしたとき、中から黒い影がぬっと現れてタプンに話しかけてきた。

「なあ、福祉施設で預かってもらえなかったんだろ」

「あんた誰だ」暗闇の中からふいに姿を現したその男は、タプンを震え上がらせた。急なことで驚いて、相手を確かめようとしたが、男は帽子を目深に被っており、顔の造作も見えなかった。

「俺の正体など気にするな。もしその子が要らないならこっちに寄越せ。俺がちゃんと面倒を見てやる。それに金もたっぷりやるよ」男はタプンとの距離を詰めてきた。

タプンは歩みを早めた。息が詰まって、このまま呼吸が止まってしまうのではないかと思った。と同時にタプンは闇夜に恐怖を覚えた。二十歳を過ぎた大人になって初めて抱いた闇への恐れだった。足早にずんずん歩いていくと、あたりは完全に闇に包まれてしまった。真っ暗闇の中からまた何者かがぬっと顔を出してくるのではないかと思うと、前に進んでいるというより、逃走しているような気さえしてきた。

「そんなに慌ててどうしたの？　金額で折り合いがつかなかった？　いや、あんな奴に売らなくてよかったわよ。だってあいつは金の亡者だし、子供のはらわたを取り出して売るつもりなんだから」

振り返ると、今度近づいてきたのは女だった。タプンはそこでようやくあの男を振り切ったことに気づいた。しかしその女もまたあの男と同じようにタプンにぴったりついてきて、あれやこれや言い募るので、暗闇の中にまだ隠れている何者かが突如姿をあらわすのではないかと慄《おのの》いた。

「心配しなくていいわよ。あたしは赤子殺しなんかじゃないんだから。それにさっきの男よりもお金を積むわよ。その子は女の子？」

女がしつこく絡んでくるので、タプンは猛然と歩き出した。とそのとき、道路上の正体不明の物体につまずいてうつ伏せに倒れ、体をしたたかに打ちつけた。目の前が真っ暗になり、膝のあたりがずきずき痛み、手のひらは焼けるように熱かった。タプンがまるで夜が明けたように意識を取り戻したとき、あたりはまだ真っ暗だった。いったい何につまずいたのだろう。気になって足元を確かめると、なんのことはない、ただの小さなごみの塊だった。

その晩、タプンは家に帰った後、くだんの小さなごみの塊がゆっくりと大きくなっていく夢を見た。

（星泉　訳）

一脚鬼カント

ランダ

※略歴は一二〇頁を参照

序

僕はこれまでずいぶんたくさんのお化け話を聞いてきた。そもそもお化け話といえば、爺婆が生意気ざかりのやんちゃな子供たちを震え上がらせたり、泣きやませるためにするものだ。でなければ爺婆たちのていのよい暇つぶしか、自分の秘密をこっそり明かしたり、他人への悪口を開帳する場だったりする。一脚鬼カントの話もそうした類のものだったのだろう。こんなことを言うと、読者のあなたから「おいおい、科学万能の今のご時世、お化け話なぞしてどうする」と反論をくらうに違いない。

確かにその通りだ。でも僕から言わせると、それは的はずれな指摘だ。そもそもあなたは僕の村のことなぞこれっぽっちも知りやしないだろう。そこが間違いのもとだ。もっとはっきり言えば、そもそもこの手の物語はうちの村の話だってことだ。そして、自分の家がたとえ岩崖だったとしても、誰しもその心地よさを懐かしむし、物語るのだ。

あなたはきっと僕の村に来たことなどないよね。なんたってうちの村はチャムモの赤谷にあるんだから。「赤いチャムモへの道中には、カラスも力尽きる上り坂が九つ、カササギも力尽きる下り坂が九つ、黒ヤクも力尽きる峡谷がある」と諺に謳われる通りの場所だ。あなただって苦労しいしい悪路を通ってチャムモ村にやってきたりしないだろう。仮に辿りつけたとしても、村の連中も歓迎したりやしない。逆にうちの村の人間とて、艱難辛苦わざわざよその村や町や都会に出ていったりしないいし、出ていくだけの度胸のある者もほとんどいなかった。

村の連中は日向ぼっこが大好きだ。それにもまして好きなのがお化け話を語ることだ。塀際のぬくぬく温まった場所に腰を下ろし、日向ぼっこをしながらひねもすお化け話を語ることは村の連中の日常生活の大切な一部だ。太陽がチャムモ峠から昇り、黄金色の日差しがチャムモの赤谷を照らし出す頃になると、みな家を出てきて、ぽかぽかとぬくまった塀際に三々五々集まってきて並んで腰を下ろす。はなたれ小僧たちはそのすぐそばに、若者たちは少し離れたところに腰を下ろし、お互いに唇や目で合図しながら、年寄りたちの口元を熱心に見つめるのだ。

「さてと、今日は誰の番だね。そうか、アク・ドゥクダンじゃないか」

村長がそう言うと、アク・ドゥクダンは今日の語り部は自分の番だと心得ていたのか、抗いもせず、白い髭を何度か撫で、いそいそとお化け話を語る準備を始めた。

「そうだな。じゃあ、何の話をしようか。ううむ、おお、そうだ。一脚鬼カントの話でもしようと思うが異議あるかね」と尋ねた。

「異議なし」みんな口々に賛同した。

アク・ドゥクダンはチャムモ村では知識人扱いされていた。読み書きも難なくできるし、お化け話を語るとなると、まさに達人の域に達していた。登場人物の心の動きを身ぶり口ぶり豊かに表現するそのさまは、はなたれ小僧たちの心をがっちりつかんで離さず、生意気盛りの青年たちの心も奪うほどだったので、アク・ドゥクダンがお化け話を語っている間は誰もがおしゃべりもせず熱心に耳を傾けるのだった。聞き手が話に入れ込めば入れ込むほど、アク・ドゥクダンの話も熱がこもっていく。一脚鬼カントのお化け話も話が進むうち、いやがうえにも盛り上がり、舌もなめらかになっていくのだった。

「……一脚鬼カントはな、ラサに行く前はただの鬼で、一本足じゃなかったんだ。巡礼の者と一緒にラサに着いてみると、ちょうど貴いラマのドルジェチャンが経堂を建立している最中だった。ドルジェチャンは朝、大工たちに設計図を引いてその場を去るんだが、午後になると鬼はドルジェチャンに化けて、真逆の設計図を引いてみせた。そんなもんだから、一日経っても、二日、三日、七日、さらに一か月、果ては何年経っても経堂は完成するどころか、土台さえも築けず、ラマ・ドルジェチャンは訝しく思われた」

アク・ドゥクダンが表情も豊かに一脚鬼のお化け話を語り聞かせると、両側に座っている年寄連は真言《マニ》を唱えるのも忘れてその口元にじっと見入り、はなたれ小僧たちに至っては鼻水が口の中に垂れても気がつきもしないありさまだった。少し離れたところにいた生意気盛りの若者たちまで、思わずアク・ドゥクダンの方ににじりよっていく始末。みなのそのような様子を見て、アク・ドゥクダンの語り口はさらに熱を帯び、饒舌になっていった。

アク・ドゥクダンの話は続く。「それでな、ラマ・ドルジェチャンはよくよく考えられて、ようやく、化けものが邪魔をしていることに気づかれたんだ。翌朝、ラマ・ドルジェチャンは経堂の設計図を前と同じように引くと、ごく普通の大工の姿に変装してみたのさ。その姿で待ちうけていると、昼を過ぎた頃、経堂を建てている場所にラマに化けた一脚鬼がやってきた。「それがさ、ラマ・ドルジェチャンそのものなんだ。一切知でも備わっていない限り、二人のうちどちらが本物か見分けがつくわけもない。見るがいい、手には金剛杵《ドルジェ》、頭には結髪《ラワ》、うるわしい声に表情。信心を起こさずにはいられないほどの威光があり、三界をも圧倒する堂々たるありさまだ。こんな姿のラマ・ドルジェチャンが同時に二人現れたのだから、大工たちもいったいどっちに礼拝すればいいのか皆目見当もつかない。皆、言い合いを始め、最初こそ冗談交じりだったのが、そのうち取っ組み合いの喧嘩に、ついには流血沙汰も辞さないありさまとなった。勝ったの負けたのと大騒ぎをしながら、ある者は本物のラマに、ある者は一脚鬼に五体投地する始末。そのうちラマ同士も争い始めた。まずは互いの悟りの深さを競い合い、次に問答を闘わせ、ついには取っ組み合いの喧嘩となって、一方が腕をふりあげて手中の金剛杵を投じたところ、相手の片足に見事命中、足はそのまま粉々に砕けてしまった。それでようやくそいつが偽物のラマだとわかったんだ。それ以来、雪の国チベットでは『一脚鬼《デ・カント》』と呼ばれる災いや祟りを引き起こすお化けが現れるようになった……」これがアク・ドゥクダンの語った物語であった。

一脚鬼には特有の性質がある。この鬼は山の頂上や峠で黒々とした姿を見せながら一本足で立ちつくし、静かな村を眺めているのがもっと好物なのである。この鬼が山の頂上や峠で黒々とした姿で佇んでいるとき、その土地には間違いなく良からぬことが起こる。この鬼が村を一心に眺めているとき、その地に争いごとが起こるのは避けられないのだ。

聞くところによると、最近では赤いチャムモ峠で黒い影を見せて、チャムモ村の静かな佇まいを眺めていたという話だ。それは間違いない。県の人民代表会議に出席して戻ってきた村長が見たというし、村の子供たちも、アク・ドゥクダンも、その妻のアネ・レウォも、そしてこの二人の息子のゲウォも見たという。そのせいでチャムモ村の年寄りたちは夜も眠れないありさまであった。

一、アク・ドゥクダンの脳みそ沸騰

チャムモ村の真ん中には八つの大枝をもつ老木があり、八又の木と呼ばれていた。これはチャムモ村ができたときに最初の荘園領主が植えたもので、かなりの古木と考えてよかろう。一九六〇年の飢饉のとき、八又の木に古い銅鑼《どら》が吊るされた。これはただ単に村人たちに食堂で食事が提供される時間を知らせるためだけのものだったが、文化大革命が始まってからは、村人たちを集会に招集するための合図に使われるようになった。今なおこの銅鑼はチャムモ村の集会の合図に用いられている。例えば毎年の四月の断食会や十月の万灯会、正月の大法会など、大きな行事の際にこの銅鑼を打ち鳴らすのだ。また草地争いや、チャムモ村の在家行者たちが一脚鬼カントを調伏するときもこの銅鑼を打つ習わしとなっている。だからその晩、村長が打ち鳴らした銅鑼の音が村中に響きわたったものの、その解釈はまちまちだった。あるものは草地争いの件だと主張し、またあるものは一脚鬼カントの調伏の件だろうと言いつのった。そうこうするうちに村人たちはみな村長宅に集まってきた。

みなの予想はことごとく裏切られることとなった。村長は今回チャムモ村の代表として出席した県の人民代表会議から持ち帰った政府の事案を発表するつもりだったのだ。

政府の事案のうち、チャムモ村関連をまとめるとこうなる。政府が多額の資金を投入して県都とチャムモ村の間に公路を建設することとする。また、公路全体の長さの九十五パーセントの費用を国家が支出し、五パーセントをチャムモ村が支出する。

村長はお茶の時間の二倍くらい費やして、党の民族政策ともども今回の政府の事案についてすべて語り聞かせた。しかし、チャムモ村にしてみれば、公路の建設話などこれまで耳にしたこともない。そもそもこの手の話は、村長のような権力者ならまだしも、あなたとか僕のような下々の者が口にできるようなものでない。そんな話でも切り出そうものなら、爺婆たちに一脚鬼にとり憑かれたと言われるのがおちだ。さらに女たちや若者、子供にまで噂話が広がっていって、皆から一脚鬼憑き呼ばわりされること間違いない。

納得はいかなかったものの、わざわざ村長の前に出て真っ向から反論しようとする村人はいなかった。そもそも今夜の集会に集まったのは年配者が多く、全体の三分の二を占めていた。年寄りをのぞくとほとんどが若者で、子供は二、三人しかいない。一番の年寄りはかまどの近くで胡座《あぐら》をかいているアク・チタルだ。アク・チタルはしばらくの間、何も言わずにあごひげをなでつけながら、充血した目であたりを見回していた。他の年寄りたちも目を泳がせながら、ぼそぼそとつぶやくばかりだった。結局、アク・チタルが口火を切ることになった。

「村に公路を建設するなど前例のない話だ。そもそも道っていうのは公のもので、私有のものなどあるはずがない。それだったらチャムモ僧院の再建をした方がいいんじゃなかろうか」

アク・チタルが口火を切ってくれたおかげで、何人かの年寄りたちが自分の意見を開陳し始めた。すると若者たちも口々に自分の考えを口にし始め、ついに村長の家はカササギの巣に石でも投げこんだかのように侃々諤々《かんかんがくがく》の大騒ぎとなった。

「まったくその通りだ。わしらのご先祖様は公路なんてまったくご存じなかったぞ。手をつけるんだったらまず僧院だろう。まだ廃墟のまま放置されているじゃないか」ある年寄りが不満そうな口ぶりで述べた。

「わしが思うに、今、一脚鬼カントが村を騒がせているのだから、僧院を再建する前に、マニ堂にグル・リンポチェ〈チベット仏教ニンマ派の開祖パドマサンバヴァ〉の像を建立した方がいいんじゃなかろうか」と別の年寄りが言った。

するとさらに別の者がこう言い出した。「確かに一理あるが、チャムモ村は武勇を誇る土地柄、草地争いのたびに勝利をおさめて矜持を保ってきた。一昨年は上村の村人を三名、去年も下村の村人を一名殺している。チャムモ村はかなり罪深いわけだから、マニ堂に一億の観音の真言《マニ》を納めたマニ車〈真言を収納した円筒形の仏具〉を作ったらどうだ」

これらの意見に対し、ある者は最初の意見が、またある者たちは二番目の意見が正しいと言い、またある者は三人目の言った通りにしようと言い、意見は一向にまとまらなかった。

若者たちは今出た意見には異存はないが、チャムモ村から県都まで公路を通すことについては承服しかねるという立場だった。その理由はというと、チャムモ村と下村が草地争いをするたびにチャムモ村側が勝利をおさめられるのも、村の細道のおかげだからだという。もしこの細道を壊して公路をつくれば、下村の軍勢を押し止めることは叶わなくなる。そうなったら、これまで下村で起きていた惨事が今後チャムモ村にももたらされること疑うべくもない。それを聞いた村人たちはみな同意のしるしに首肯した。続いて年寄りたちがこう述べた。公路ができると下村の軍勢を押し止められなくなるだけではない。もともとこの細道はチャムモ村の土地神アマ・チャムモの秘道なのだから、われらチャムモ村はそれを守るべき責任がある。するとチャムモ村の老若男女はこぞって頷くのだった。

「わかった、わかった」村長はうんざりした様子で言った。「今夜の集会を開いたのも、県の人民代表大会の事案を説明するためだ。村の年寄り連の意見の開陳の場じゃない。公路建設は今回、人民代表五十人余りからの共同提議で、第九期第三回常務委員会議でもって同意が得られたものだから、誰にも修正する権限はない」村長はそう言うと、話を別の方向に持って行こうとした。「今、交通の便のよい他の村には学校もあるし、役人も多く、商売も盛んだ。信じられないかもしれないが、西寧《せいねい》では麝香一つで二千元するんだぞ。麝香二つで四千元だろ。考えても見ろ。今のご時世、よそさまではどれだけ生活が潤ってるか。それもこれも公路のおかげさ。うちらの村の細道じゃあどうにもならないんだよ……」村長はそう言いながら怒りをにじませた。

村長の話に一心に聞き入っていたのがアク・ドゥクダンだ。アク・ドゥクダンがお化け話を語り聞かせていると、村人たちはこぞって彼の口元に見入ったものだが、いまの彼はまさにそれだった。すでに時は深夜を回っていたので集会もお開きになった。

村長の話はアク・ドゥクダンの蒙を啓《ひら》いてくれた。そういうことなら、嫁のデンツォが出産したら必要になるだろうと妻のアネ・レウォがまるまる三年間も秘蔵していたお宝の麝香を盗み出して西寧で売りさばいてやろうじゃないか。

その晩アク・ドゥクダンはなかなか寝つくことができなかった。眠れるわけもない。脳裏に数字が浮かんでならず、その額たるやびっくりするような大金なのである。考えてもみるがいい。もしも麝香が一つにつき二千元で売れるなら、二つで四千元になる。そう思っただけで体中に熱いものが沸き上がり、それが一つにまとまって脳天に至り、脳の真ん中がかっと熱くなった。

まだ夜も明けやらぬのに、アク・ドゥクダンは抜き足差し足、箱の中に隠してあった麝香二つと三百元ほどを取り出すと、西寧めざして細道を出発した。チャムモ峠にたどり着いたところでようやく村を振り返ってみる。ちょうど燦然《さんぜん》と輝く太陽の光がチャムモの岩山の頂から差し込んできたところだった。太陽の光に照らされたチャムモの地はあたかも孔雀の羽根のよう、綾なす錦のよう、黄金色に染められた大地のようで息をのむほど美しい。家畜の腸のようにうねうねと入り組んだチャムモの赤谷の奥まったところにチャムモ村はあり、家々の煙穴からは白い煙がもくもくと立ち上っている。村長宅の塀際で年寄りたちが日向ぼっこをしている様子を見ると、今日も彼らの中から語りのうまいものが物語を語り聞かせるに違いない。アク・ドゥクダンはチャムモ峠で黒い影のように立って、チャムモ村の様子を眺めながら一休みした。それからカラスも力尽きる上り坂が九つ、カササギも力尽きる下り坂が九つ、黒ヤクも力尽きる峡谷があるチャムモの赤谷を抜ける旅を再開した。

どのくらい歩いたか定かではなかったが、高い山、峻険《しゅんけん》な岩山、深い森、蛇行する川といった見慣れた世界をすべて後にして、今や、彼はバル・マンラ砂漠に到達した。バル・マンラ砂漠は砂地だらけのだだっぴろい平原なので、道も定かでない。もしアク・ドゥクダンがチャムモ村生まれでなかったら、苦労しいしい砂漠を越えなくてもすんだはずだ。砂地を歩むのは困難がつきまとうというのは本当だ。見るがいい、撒き散らされた豆の上を進もうとするようなもので、一歩進もうとするたびに、後ろにずり下がってしまう。チベット暦六月の夏の照りつく日差しのもとでアク・ドゥクダンはどれだけ辛い思いをしたのやら、額の汗は鼻先へと流れ、さらに皺の間をぬって体全体に広がって、体中から湯気がぽっぽと立ちのぼっていた。

すでに水を飲みたくて仕方がない。腹がかっと熱くなる。その熱が心臓を通って脳みそにまで入り込んだ。それは昨晩脳天に到達した熱波より三倍も強烈なものだった。その熱さたるや、耐えられるような代物ではなかった。むかっ腹は立ったものの、麝香を売った時の利益の大きさを思えば笑みがこぼれ、バル・マンラ砂漠の道の過酷さを考えると後悔の念が起きる。いずれにせよ「虎の尻尾はつかまず、つかんだら離さず」という格言が最後の決断の後押しをすることとなった。

三日後、アク・ドゥクダンはようやく西寧にたどり着いた。この前来たのは十五年前か二十年前だったか、このところとんと西寧に足を運んでいなかったので、町はすっかり様相を変え、昔の面影の片鱗もなかった。重厚な高層建築に、蟻の巣からあふれ出したようなわらわらとした人々の群れ、さらに行き交う大小の自動車の数ときたらチャムモ村のロバの数の倍はある。アク・ドゥクダンは目がくらみ、しばし茫然となって立ちつくすしかなかった。

人混みを見つめるうちに、失望の思いが湧いてきた。ああ、こんなに人が多くては、知り合いどころか牧畜民すら見つけることはできまい。いったい誰に麝香を売ればいいんだ……。

夕闇も迫り、街を行き交う人々の数もずいぶんと減ってしまったが、今度は街路の両脇の外灯が明々と輝き始めたので、昼間とたいして変わらない明るさである。だがいまだ麝香の買い手には巡り会えていない。そこで客待遇のよそさうな旅館の主人のあとをついて行き、個人経営の旅館に宿泊することにした。

翌日、夜が明けると街に出て、誰か麝香を買ってくれないかうろついてみたものの、夜闇がせまり、遠くが見えづらくなっても買い手を見つけることはできなかった。こうして四、五日が無駄に過ぎていった。だが、いまだに麝香を買ってくれる人に巡り合えない。アク・ドゥクダンはすっかり心も折れ、道端の老木に寄りかかって休んでいた。

「あの——」

おや、聞き間違いでなければ、確かに誰かが後ろから呼びかけているではないか。

「おじさん《アク》、麝香の真贋の見分け方を知ってる?」

慌てて振り向いて見ると、チベット語が話せる回族の青年だった。おお、なんとありがたい話だろう。まずもってチベット語が通じるから嬉しいし、おまけに麝香を買うつもりだというのだから上々ではないか。

「そりゃあわかるさ。脾臓《ひぞう》の血が混じっているかどうかを見ないとな」アク・ドゥクダンは身振り手振りよろしく答えた。

「ああ、それはよかった。麝香をいくつか買おうと思ってるんだけど、真贋の見分け方が分からなくてさ。あそこの商人と俺との仲介をしてくれないかな。商談が成立したらうちら両方から仲介料を払うよ。アク、是非頼むよ」

その言葉を耳にしたとたん、アク・ドゥクダンの顔がひきつった。体中の熱がどっと上がったかと思うと、それが収斂して脳天を直撃した。脳みそがかっと熱くなる。

「仲介料、そんなものいらんよ。うむ——」

「え、あんたも助けが欲しいのかい？」回族の青年はアク・ドゥクダンの訝し気な表情をみてとると、慌てて口を押さえ、両の眼を泳がせながら訊いてきた。

「この俺も麝香を二つ持ってるんだ。一つ二千元だから二つで四千元。これよりびた一文負けられないね」

「あっはっは。俺に助けを求めてるのかと思ったよ。麝香を買い付けるのが俺のなりわいでね。四千元どころか五千……いやいや、そうだな、まずは俺の手伝いをしてくれ」

アク・ドゥクダンと回族の青年は連れ立って向こうの商人のところに行った。アク・ドゥクダンは商人の麝香を手にとり、まずは表皮の部分を指でトントンと叩いた。それから匂いを嗅いでみた。最後に懐から煙管のヤニとりを取り出し、少しばかり麝香の中を抉《えぐ》ってみてしげしげ観察したあげく、「偽物じゃないな」と言った。

回族の青年と商人は値段の交渉のため袖どうしをつけあわせてその中で手を握りあった。かぶりをふっては頷くという動作をくりかえしたあげく、ついに商人は回族の青年に麝香を手渡した。回族の青年は百元札を十八枚、商人に渡した。さらに二人はそれぞれ百元ずつアク・ドゥクダンに手渡した。

「こ、これは何だ？」

「アク、大丈夫だよ。仲介料だ」

「いらん、いらん。こんなものを受け取ったら、アマ・チャムモ女神様がなんとおっしゃるやら。こんなことで二百元ももらうなど道理に合わない」

「アク、これが商売のやり方なんだよ」

二百元を手の中に押し付けられたアク・ドゥクダンは思った。商売ってこんなに楽なもんなのか。と、体中に熱いものが沸き上がり、それが一つにまとまって脳天に達したかと思うと、脳みその真ん中がかっと熱くなった。「よし、じゃああんたの麝香、ちょっと見せてよ」回族の青年はそう言いながら手を出してきた。アク・ドゥクダンは麝香を青年に渡し、指を四本立てて見せ、「これ以下には負けられないよ」と言った。

「値段はうちらで話し合って決めればいいけど、大事なのは真贋を見極めることだ。だから……また仲介者を探しに行かないと。さてどこへ行こうか」回族の青年はしばし考え込んでいた。

「もし偽物だったら金はいらん。そもそもこの麝香は二つとも俺が自分で罠にかけて捕ったものだからな」アク・ドゥクダンは真剣な面持ちで言った。

「これは商売の習わしだからさ、アク」

回族の青年とアク・ドゥクダンは街に出て仲介人を探しに出た。どんどん進んでいくうちに狭い道に入りこむ。道行く人の影もまばら、人だかりもほとんどない。道すがら回族の青年はアク・ドゥクダンにどうやったら麝香の真贋を見分けられるのか尋ね、一方アク・ドゥクダンはどこでどうやって仲介人を探すのか問うた。「チベット人の仲介人だと、あんたがチベット人とわかったら本当のことは言わないよ。逆に売り手が中国人か回族ならチベット人の仲介人を探す。売り手がチベット人なら仲介人に中国人か回族を探す。それが商売のやり方ってもんさ」

ようやく二人は仲介人を探し当てた。相手は中国人か回族で、まさにおあつらえむきである。仲介人は麝香をいくども弄び、指で押してから、端を一度内側にまげてみて、アク・ドゥクダンに戻した。アク・ドゥクダンはそれを回族の青年に渡して、指を四本見せ、「これ以下にはびた一文負けられないね」と言った。

回族の青年は笑顔を浮かべながら「売り買いの交渉っていうのは普通、袖の中でやるもんだけど、あんたには恩義があるから、ここはひとつ言い値で買い取ることにしよう」と言って腰元の財布をとって持ち金を数えた。しばらくして回族の青年は「四千には足りないな。あんたはびた一文負けられないと言っているし……さてどうしようか」回族の青年は考え込み、はたと思いついたように「じゃ、こうしよう。俺はこの仲介人に財布を渡しておく。あんたたち二人はここでちょっと待っていてくれ。向こうに俺の知り合いの商人がいる。そいつから金を借りてくるよ。あんたたちはどこにも行かず、ここでちょっと待っていてくれよ」と言い、うんざりした表情を見せた。

「それでいい。そうしよう。早く行くといい。もうすぐ太陽も沈むからな」とアク・ドゥクダンは髭を撫でながら答えた。

麝香を手にした回族の青年はその場から脱兎のごとく去っていった。アク・ドゥクダンと仲介者はその場から動くこともできず道端に立ちつくして、回族の青年が戻ってくるのをつくねんと待った。一時間、二時間、ついに三時間余り経とうとするのに、青年は一向に戻ってこない。

「おい、あんたの取引相手は戻って来ないじゃないか。俺もそろそろ行きたいから、仲介料を払ってくれ」うんざりした面持ちの仲介者が言いだした。

「仲介料だって?」アク・ドゥクダンは訝しがった。

「そうだ。それが商売の慣わしってもんだ」

「百元だよな」どんな時でも仲介料の相場は百元なんだろうと思い込んでいたアク・ドゥクダンは先ほど受け取った二百元から百元を取り出して仲介者に手渡した。

仲介人は苦笑をしながら「仲介者の手数料っていうのはそうやって計算するんじゃない。仲介時間一分につき双方から一元ずつもらうんだ。で、今の場合、あんたの取引相手は戻って来ないから、やつが支払うはずの手数料もあんたが払うことになる。一分につき二元で、だいたい三時間費やしたから、全部で三百六十元だ。それ以下にはびた一文負けられないね」と語気を強めた。

「なんだって」アク・ドゥクダンは驚きあきれた。ここにいたって二人は口角泡飛ばして争い始め、殴り合いにまでなりかかった。だが仲介人が諄々《じゅんじゅん》と道理を説いたため、アク・ドゥクダンも相手の胸倉を放すしかなかった。

「あんたもちゃんと筋を通してくれよな。俺はあんたともあの取引相手とも知り合いでもなんともない。俺は麝香の真贋を見極めて、ブツをあんたに返したよな。それは本当だよな。麝香をあいつに渡したのはあんたで、俺じゃあない。これ以上はあれこれ言うまい。ほら、やつの財布をあんたに渡しとくよ。ただし仲介料はびた一文負けないからな」仲介者は立て板に水のごとく自分の理屈を言い立てた。

アク・ドゥクダンは財布をもらえるなら相手に仲介料を払っても問題ないと思った。そもそも財布のなかに三千元あることは確かなのだから。そこでアク・ドゥクダンは懐から三百六十元取り出して数え、相手に渡した。仲介人はアク・ドゥクダンに回族の青年の財布を渡すと、そそくさと人込みの中に紛れて姿を消した。

アク・ドゥクダンはあとに一人残された。麝香二つを四千元で売ることはできなかったが、少なくとも三千元は手に入ったはずだと思って財布をあけてみた。

ところが、なんということだ。これを幻術師の早業と言わずしてなんと言う。財布の中にはびた一文入っておらず、代わりに紙切れが入っていた。

その晩、アク・ドゥクダンは寝床の上で輾転反側《てんてんはんそく》したものの、目が冴えわたって眠りにつくどころではなかった。鹿角製の煙草入れを取り出し、煙草を吸い始めると、部屋の中にもうもうと煙がたちこめる。ホテルの主人が怒鳴り込みに来なければそのまま延々吸い続ける心づもりであった。その時の彼ときたら、激昂の余り脳みそは沸騰せんばかり、それが全身にくまなく広がっていく。心臓は怒りでふつふつ煮えたぎっていた。もしあの回族の青年をとっつかまえることができたなら、間違いなく素手で心臓をえぐりだしてやったことだろう。だが西寧の人口ときたらこんなにも多いのだ。いったいどこに探しに行けばいいのやら……。

おお、そうだ。アク・ドゥクダンの脳裏によい考えがひらめいた。これをしのぐ手はあるまい。これなら確実にあの回族の青年をひっとらえることができる。アク・ドゥクダンは悦に入った。

翌日アク・ドゥクダンは警察を探した。性格温厚で正直な牧畜民の手助けもあって運よく警察の建物も見つかった。そこでアク・ドゥクダンは牧畜民に通訳を頼んで、これまでの経緯と、回族の青年の姿かたち、年恰好から身につけている服の色に至るまでぶちまけた。

「ふむ、で、その二つの麝香とやらはどこから持ってきたのかね？」警察官が訊いてきた。

「俺が罠で捕えたんだ。うちの土地では麝香鹿はどこにでもいるから」

警察官たちは顔を突き合わせて何事か相談していたが、そのうち先ほどの警官があんたの故郷の村の名前を教えてくれと突っ込んで事細かに尋ねてきた。

「××県は××郷チャムモ村のアク・ドゥクダンといえば、知らぬものはない」とアク・ドゥクダンは答えた。

「禁固十五日、罰金五百元。詳しい取り調べについては××県の公安局に連絡を取ることにする。麝香鹿は国家一級重点保護野生動物だ。お前も知っていて当然だろう」と警察官は言い放った。

「えっ！」アク・ドゥクダンはびっくり仰天した。このときはじめて彼はチャムモの赤谷の麝香鹿猟が禁じられていることを知ったのである。

十六日後アク・ドゥクダンは公安局の扉から姿を見せた。懐はすっからかん、さらに公安局に支払わなくてはならない罰金四百五十元が待ちうけているのであった。

二、ゲウォの最後の褒賞

このところ、村長家の塀のもとで日向ぼっこをする人々は減る一方だった。とはいえ人々のもっぱらの話題はアク・ドゥクダンのことで、妻のアネ・レウォこそ「あの人は西寧に行ったから」と主張していたものの、みなに言わせれば「あいつは一脚鬼カントにたぶらかされて連れていかれた」のであった。

折も折、村長も多忙を極めていた。上層部からは西暦八月十五日からチャムモに至る公路の建設が始まること、村が本来負担すべき建設資金のかわりに村人が労働を提供すべきであるとのお達しが来ていたのである。一方村の政府からは、昨年発生した下村との草地争いがいまだ決着がついていないので、明日、チャムモ村の自警団の戦略を立てるべしと言ってくる。行者たちは一脚鬼カントはすでにチャムモ村にやって来ているのだから、ただちに祓わないと神通力に長けたグル・リンポチェ様がたとえ生身で現れても祓うことは難しいだろうと脅しをかけてくる。年寄りたちは年寄りたちでアマ・チャムモはありがたくも畏れ多い女神、その秘道を破壊するつもりなら、たとえ屍の山を築くことになろうとも身を挺して反対運動の矢面に立つと口々に言いだすので、村長は困り果ててしまった。

その晩、チャムモ村はただならぬざわめきに満たされていた。マニ堂では銅鑼やシンバルやでんでん太鼓が猛々しく打ち鳴らされ、チャムモ村の峠の陣地では若者たちが手に手に石や棒、矢や鉾、投石器を持って下村に偵察に行こうとしていた。一方、村長宅には老人たちが集まって口角泡飛ばし激しい議論の真っ最中、互いに一歩も譲らぬありさまである。

ここにいたって村長も万策つき、年寄り連の下した決定に服するしかなかった。侃々諤々の議論の末に年寄りたちが下した結論はこうである。アマ・チャムモ女神の秘道を壊すようなことを試みるなら、屍の山を築くことになろうともこの身を挺して徹底的に抗戦する。チャムモ村の自警団は下村を攻めることなく、峠の陣地で一か月であろうと待機する。今回、自警団に入っていないものは、たとえ親でも息子の代わりに参加してはならず、息子でも親の代理で参加してはならない。もし参加できないものがいれば、一日につき罰金十元を課すことで同意をみた。

真夜中も過ぎただろうか、マニ堂からは、あいかわらず太鼓やシンバルやでんでん太鼓にあわせて流麗な声明《しょうみょう》が流れていた。

「お〜お〜お〜」

「去れ、去れ、さあ、去るがよい。もし言うことを聞かないならば、白傘蓋《びゃくさんがい》の神様が立腹される……」行者たちは目の前に木製の大きな盥《たらい》を置いた。中には麦こがし《ツァンパ》を練ってバターで飾りをつけた大小二十一あまりの供物《トルマ》が入っている。ここに神々が降りてくるように祈願し、護法尊と土地神のトルマも二十三個入れる。さらに「ありとあらゆる馳走《ミサグサ》」と呼ばれる麦こがしでつくった宝を山ほどのせた盥をもって西方を向き、朗々と声明を唱える。

村長宅での集会も終わった。年寄り連はぞろぞろとマニ堂へと向かい、大きな集会堂の石の階段の前で並んで、トルマが投じられるのを辛抱強く待った。

声明とともに銅鑼やシンバル、でんでん太鼓の響きも次第に静まっていった。魔物の調伏儀式も終盤にさしかかっているのである。と、子供の行者がふたり、大きな盥を運んできて、マニ堂の外に出した。年寄り連は一斉にむらがって、胸の前で手をあわせ、こうべを垂れて、なんとかトルマの下に入りこもうと押し合いへし合いした(トルマに下に入れば、魔の障りに遭わずにすむと言われているのである)。

一方、チャムモ村の若者たちは目をらんらんとさせて下村を監視していたので、トルマの下に入ることはできなかった。若者たちは日がな一日、腰も下ろさず、勇気凛々、ひたすら見張りを続けていたが、下村にはなんの動きは見られなかった。

天の川が弧を描く方向を見るとすでに夜明けも近い。自警団の青年たちは少しほっとして、おのおの位置に陣取ったまま矢や鉾や棒を右に左に倒しながら座っていた。中にはくたびれ果てて軽いいびきをかいているものもいた。だが村の自警団の指揮官ゲウォはこれっぽっちも疲れの色を見せず、下村の方をうかがっている。おや、お化けの立てる物音か、それとも軽い足音のようなものが遠くから聞こえてくるではないか。聞き耳を立ててみると、確かに足音だ。ゲウォは欣喜雀躍し、「おっ、これでまた褒賞の羊一匹が手に入るな」と思った。顔にはついつい笑みがこぼれる。

そもそも羊一匹の褒賞という習慣は、チャムモ村の年寄り連が侃々諤々の議論をしたあげく決まったものだった。草地争いの時、誰であれ頭を使って新たな戦略を駆使し、勝利を得たものは羊一匹の褒賞を与える。さらに村の集会において、その功績を讃え、英雄帯を締めさせる。ゲウォはチャムモ村の自警団の指揮官の任について一年と五か月ほどしか経っていなかったが、すでに褒賞として八匹の羊を獲得し、八回にわたり功績をたたえられ、英雄帯も締めていた。

ゲウォは傍らでいびきをかいている青年をちょっと揺すって、敵襲来の合図をした。青年も手にした棒を右に倒して、背後の者に合図を送った。合図を受けたものもまたさらにその背後に合図を送り、ついに全員の知るところとなった。皆、自分が陣取っていた場所から身を潜めるようにして集まり、下村の方面を偵察した。下村の上空には蛍のようなおぼろな光が広がっているだけで、なんら異常は見受けられない。だが、眼下の小道を見ると、なにやら大きな黒い影があるではないか。チャムモ村の青年たちはゲウォの命令通り、猫のように抜き足差し足、鹿のように速やかに小道の両脇に行き、身を潜めた。身のこなしの早い青年ふたりが十五メートルほどの黒縄を握りしめ、男のひとりがヤクの剛毛製の保存袋の口をあけて待ち受けた。ゲウォは棒の端をぐいっとにぎり、人影にいつでも飛びかかれるように臨戦態勢をとった。黒い影は次第に近づいてくる。あと十メートルというところで、何かに耳を傾けているかのように足を止めたが、しばらくしてまた進み始め、ついに彼らの近くにやってきた。見ると恰幅のよい人物で、はあはあという荒い息遣いも聞こえてくる。

チャムモ村の青年たちは、肝っ玉もすわっていれば、頭も切れる血気盛んな連中ばかりである。まずは棒を手にしたゲウォがひとっ跳びでその人影の前にとびだし、棒をまっすぐその脳天に振り下ろした。ガツンという音とともに人影は屍よろしく地面にどうと倒れた。すぐさま袋を手にした若者たちが飛んできて頭から袋を被せ、黒縄を手にした若者二人が男をぐるぐる巻きにして、道の傍の、水流でえぐれた溝に引きずり込んだ。

自警団の面々はそのまま音一つ立てず、身じろぎもせず、最大限の警戒態勢をとって下村の監視を続けた。だが、下の村は前とおなじく、薄ぼんやりした光が広がっているだけでなんら異常な動きもない。その時、東方にまばゆい払暁《ふつぎょう》の光があらわれた。空にちりばめられた星々も、また暁の明星も、チャムモ村の自警団とともに一晩中監視の任務にあたってくたびれ果てたように、ひとつ、またひとつと見えなくなり、空の彼方に消えていった。お茶なら何杯も飲みほせるくらいの時がすぎ、チャムモ村の峠から皓々と輝く太陽が顔をだすと、チャムモ村の全景がくっきりと浮かび上がった。まるでたなごころの黄金色の果実のようだ。

だが、下村はというと、薄ぼんやりした明かりが見えなくなった以外、なんの動きもなく、いつもと変わらぬありさまだったため、深謀遠慮に長けているはずの指揮官ゲウォも驚いてしまった。何故かというと、そもそも下村が戦いを仕掛けてくるのは真夜中で、村人たちが夢の世界に誘われたころあいに、こっそりチャムモ村に忍び入って急襲をかけてくるのである。それもチャムモ村の自警団に叩きのめされたり、たぶらかされたりしないように、まずは斥候《せっこう》を送りこみ、そのあとから本隊が続く。もし斥候が捕まるか、ぶちのめされたなら、合図の声を上げる。それ以上進むな、敵が待ち受けているぞという秘密の合図なので、それを耳にした本隊は進攻をやめる。だが、今回、あの斥候はなんら声をあげる暇もなかったので、そのあとから本隊が続いて来るはずであった。昨晩、ゲウォの戦略のもと、下村の斥候をひっとらえてその頭に袋をかぶせ、黒縄でぐるぐる巻きにしてやったのに、後に続いてくるはずの下村の軍勢がまったく現れない。これはどうしたことだ。別の戦略をめぐらして、俺たちの村を襲撃するつもりなのか。そうに違いない。切れ者指揮官のゲウォもこの事態にどう対処したらよいのか考えあぐねてしまった。

ついにゲウォも万策つき「この野郎を村長のところに突き出して、拷問にかけてやろう」と決断を下した。そこで男の入った袋をぐるぐる巻きにしている縄の両端に輪っかをつくり、そこに棒を通し、同程度の体力のある若者二人に棒の両端を担がせて、チャムモ村へと運んで行くこととなった。

村長宅ではチャムモ村の年寄り連が寄り合いを開いていた。会合の議題はもちろん草地争いについてだったが、今、話の俎上にあがっているのは、もっぱらアク・ドゥクダンの行方であった。いったいどこに消え失せたのかわからないというのである。村長は年寄り連の言葉を遮って「奥さんのアネ・レウォを呼び寄せて、あんたらの前で誓いを立てさせたうえで証言してもらえばはっきりするんじゃないか？」と言うと、みなが同意のしるしに肯いた。

アネ・レウォの証言はこれっぽっちも揺らぐことはなかった。あの日の朝、アク・ドゥクダンがチャムモ峠を越えて出かけて行ったことは確かである。それについては息子ゲウォにかけて誓ってもいいとまで言い切ったので、みなもようやく納得した。

丁度その時、若者二人が村長宅に到着した。二人がぐるぐる巻きになった袋を棒からはずして地面にどさっとおろすと、チャムモ村の老人たちは急に血気盛んになって、こみあげてくる嬉しさを抑えきれず、口々に「速く速く、縄をといて見せろ」とあおりたてた。さらに「ゲウォときたらまさに若者の鑑だ。その豪気といい、頭の切れといいまさにチャムモ村の宝だ」と褒め、中には「これでまた羊一匹分の褒賞だな」と称えるものもいた。「いずれにせよ英雄帯をまた締めさせないとな」と発言する者も多く、村長宅は、カササギの巣に石でも投げこんだかのように騒然となった。

おや、いったいどうしたのやら。ディスコ・ミュージックをがんがん流していたカセットデッキの電源がぷっつりと切れたかのように、村長宅の騒ぎがしんと静まりかえったではないか。

黒縄でぐるぐる巻きになった袋のまわりに集まった年寄り連は案山子《かかし》よろしく立ち尽くしている。

しばらくしてアク・チタルが片目を泳がせ、「これは手品でも見せられているのか?」と言った。あるものは「これは下村がこちらを呪ったせいにちがいない」、またあるものは「なんと不吉な。ゲウォの腰には犬の尻尾でもつけさせるか」とくさした。「ゲウォはヤク一頭分の罰金だな」と主張するもいた。みな「いずれにせよ、ゲウォは降格だな」と言い出し、またしても村長宅はカササギの巣に石を投げこんだかのような大騒ぎとなったのである。

というのも、袋の中に詰めこまれていたものの正体はアク・ドゥクダンだったからである……。

三、アネ・レウォの激昂

チャムモ村でアネ・レウォの本名を知っている者はおそらく誰一人いるまい。というのも、彼女はチャムモ村生まれではなく、アク・ドゥクダンがよその村から誰にも見つからないようにこっそりと盗み出してきたからで、村の誰も彼女の本名を知らずにいるのも無理からぬ話であった。

チャムモ村の連中ときたらこぞって噂話が大好き、とりわけ他人の欠点をあげつらうのが嬉しくてたまらない輩なので、アク・ドゥクダンが新妻を娶るや、「レウォ・ラサンマ〈魂の抜けた怠け者〉」とあだ名をつけ、今やそれが彼女の本名と化している。レウォのもともとの意味を理解していたのかどうかはともかく、彼女は村きっての怠け者として名を馳せており、さらにいくら不潔にしてもまったく気にもとめないたちだった。ある時、チャムモ村の年寄り二人が、レウォの木椀の外側を舐めることができるか馬蹄銀二つを賭けてみたものの、絶対に無理だという結論に達したという。

その日、アネ・レウォは激昂していた。真っ先に怒りの矛先を向けられたのがアク・ドゥクダンである。次にすべての怒りは息子のゲウォに向かい、長年ろくに洗わなかったせいでどす黒くなっていた顔も紅潮するほどであった。さらにすべての怒りの矛先は村長に向かい、次のような事態が出来《しゅったい》したのである。

めった打ちされたアク・ドゥクダンが病院に担ぎ込まれて入院すること十五日、すでに自宅に戻ってきてはいたものの、いまだ村長宅の塀のそばに姿を現すことはなく、そのため、十八番の一脚鬼カントの物語はお預けになっていた。噂によると、まだ自宅で療養中とのことだったが、実のところアネ・レウォと大喧嘩の末、不貞腐れて四、五日、寝込んでいるふりをしていたのである。

そもそも夫が麝香を売りに西寧に行くなど寝耳に水もよいところ、おまけにその麝香だって、ゲウォの嫁のデンツォが出産時に必要になると思い、アネ・レウォが長年にわたって秘蔵してきた特別なお宝であった。さて六月四日、デンツォが男の赤ちゃんを出産したのでアネ・レウォは大喜びだった。昨今どういうわけか、村では男の子より女の子の生まれる率が高く、一昨年からは女の子ばかりで男の子は一人も生まれていなかった。生まれたのは男の子、それも星ならびのよい吉日の、お釈迦様の初転法輪《しょてんぼうりん》の日に誕生したとあっては、きわだった特別な子供にちがいない。そこでアネ・レウォが箱におさめた麝香を取りに行ってみると、なんと影も形もなくなっているではないか。

犯人はどうみてもアク・ドゥクダンである。アネ・レウォがお焚き上げをして、アマ・チャムモ女神にお伺いを立てると脅したところ、アク・ドゥクダンも自分の罪を認めた。だが、「兎の皮をなめしても徒労におわる」との諺どおりすべては後の祭りであった。今回のアク・ドゥクダンの治療代は七百元かかった。都合のよいことにとある回族の青年がチャムモ村にやってきたので、ヤク一頭を売ってゲウォの罰金にあてることができた。おかげで、あと二百元を払いさえすればよくなったが、それを払うとあとはアネ・レウォが家中の財布をひっくりかえしてみても三百元しか残っていなかった。たかだか三百元では麝香を手に入れるのは難しい。アク・ドゥクダンは金を握りしめてチャムモ村のいたるところを走り回ってみたものの、どうしても売り手にめぐりあうことはできなかった。

ちょうどその日はチャムモ村の峠に陣地が設けられて一か月と十五日目であった。だがチャムモ村と下村の争いは片が付くどころか、悪化する一方である。下村もチャムモ村の足元に陣地を築いたので、公路建設に取りかかることができず、一旦中断されていた。さらに県の公安と武装警察部隊百名余りが、今回の二つの村の争いを収めるためにやってきていた。

アク・ドゥクダンは村のあらゆるところを駆けずりまわってみたものの麝香を売ってくれる者をつかまえることはできなかった。残るは村の入り口に住むアク・チタルだ。アク・ドゥクダンはアク・チタルにむかって呼びかけ、麝香の手持ちがあるか訊いてみたが、返事一つ返ってこない。むかっ腹を立てて、三度つづけて声をかけてみたが、アク・チタル宅はしんと静まりかえったままだった。怒り心頭に発したアク・ドゥクダンは扉を荒々しく押し開いて中に入った。

どのくらいの時がすぎたのやら、アク・ドゥクダンは案山子よろしく立ちすくんでいた。心に沸き起こっていた怒りの炎は一瞬のうちに静まった。それどころか怖気づき、狼狽しきっている。悪業の輩は居るべきでない場所に居合わせるというが、まさにそれを地で行っていた。というのもアク・チタル邸の中庭は公安の役人であふれかえっていたからだ。チャムモ村と下村との仲裁に来たのかと思えばそうでもなく、チャムモ村の年寄り連の戦略に釘をさすつもりかと言われるとそれも怪しく、つまるところアク・ドゥクタンの未払いの罰金の件で、わざわざ西寧の××公安から役人がやってきていたのだった。

公安の役人の最終的なお裁きはこうだった。「お前の未払いの罰金は三百元じゃすまないぞ。あと残りの百五十元を速やかに支払え。これから県の公安がお前の罪状を取り調べると言っている。昨今のチャムモ村の草地争いにお前がなんらかの形でかかわっているなら、禁固十五日と罰金五百元なんかじゃ、当然すませられないからな」だったので、アク・ドゥクダンは泥棒猫のようにしゅんとなってしまった。

アク・ドゥクダンはがっくりと肩をおとし、空手のましおしおと家に戻っていった。この失態の一部始終を、一脚鬼の話を語り聞かせる時と同じように妻のアネ・レウォにとうとうと語り聞かせたところ、火に油を注いだも同然、アネ・レウォの目は赤く血走り始めた。あわれアク・ドゥクダンは「素手で壺をつかめば火傷する、さりとて放り投げれば砕け散る」状態に追い詰められ、こぶしをぐっとにぎり、目をつぶって、アネ・レウォの頬に一発くらわしたのである。そのまま彼は寝床にもぐりこみ、四、五日が過ぎていったのだった。

アネ・レウォが夢ならざる夢からはっと目覚めてみると、うつぶせになって倒れており、頬は握りこぶし大に膨れあがって、熱くじんじんと痛みを発していた。痛みがひどくなればなるほど、怒りもとどめようもなく膨れあがっていく。ついには棒をぐいっとひっつかんで、はるばるチャムモ峠へと走ったのも無理からぬところであった。もともとアネ・レウォは「硬い豆はあきらめて、煎り麦で我慢〈長いものには巻かれろ〉」のたちだったりで、ゆえなくつっぱしったりするような人物ではない。

だが自警団の指揮官に任じられた息子のゲウォときたら、父親の脳天をかち割ろうとしたあげく、十五日間も病院送りにしたのに、その間一度たりとも見舞いに来ず、さらに自分の嫁が息子を産んだというのに赤ん坊の顔すら見に来ない。そのくせ、口をひらけば「村と氏族集団の矜持」などと口先だけのたわごとを並べている。思い出しただけでも、アネ・レウォの顔は怒りに赤く染まった。チャムモ峠は遠い。峠をめざすアネ・レウォははあはあと喘いでいた。

チャムモ峠に設けられたチャムモ村の陣地と、峠の麓に築かれた下村の陣地とのあいだには緊張含みのにらみ合いが続いており、いつ戦いの火ぶたが切っておとされてもおかしくないありさまであった。公安と武装警察は慌てふためいて、両村のあいだに不測の事態が起きないように往来禁止令を出し、公安の面々は食事の時間も忘れ、寝ずの番をして監視している最中であった。

もし公安が両村の仲裁に来ていなければ、ゲウォ指揮下のチャムモ村の自警団が勝利をおさめていただろうことは疑うべくもない。というのも、もともと地形的にはチャムモ村に利があるうえに、ゲウォは石なだれをおこして勝利を得るという新たな戦略を立てていたからである。

チャムモ村の自警団員たちはこぞって石と礫《つぶて》あつめに余念がなかった。

そもそもゲウォは父ドゥクダンや母レウォとは似ても似つかず、村長のさらに上に据えても惜しくないほどできた息子だったので、チャムモ村の年寄りたちも侃々諤々の議論の末に自警団の指揮官に任命したのである。これによってゲウォは大いに奮起し、知力をふりしぼり、精進を怠ることなく、八回にわたって勝利をもぎとり、チャムモ村の老人たちから称賛の言葉を浴びせられただけでなく、羊八匹の褒賞（前述のようにチャムモ村では草地争いに勝利するたびに羊一匹の褒賞を与える習慣があった）も得た。さらには豹皮の襟飾りなども褒賞としてもらったこともある。その名声はチャムモ村にとどまらず、口から口へと風の馬が走るように村から村へと広がっていった。だが今回の騒動の最中、あのような縁起の悪いことを引き起こしてしまった。チャムモ村の老人たちは白熱した議論の末に、ヤク一頭分の罰金を科し、もし今回の騒動の中で結果を出すことができればそのまま指揮官の地位に据え置き、出すことができなければ降格するとの結論を下していたので、ゲウォとしてもその地位からころがりおちずにすむように、頭をふりしぼってあらゆる策を打っておく必要があった。

ちょうどその時アネ・レウォがチャムモ峠にやってきた。彼女は棒をひっつかんで、まずは自警団のテントに入ったものの、すぐさま外に出てきた。そのまま自警団員が集まっているところを目指してずんずん進んでいく。間違うわけもない、彼女が追い求めているのは息子のゲウォなのだから。ゲウォは山の下の方を指さして、石を落とすならこのようにやれ、そうするのは厳禁だなどと作戦を指示している真っ最中であった。アネ・レウォはまっすぐその後ろに忍びよって、左右を見、両手で棒の柄をしっかり握り直し、宙に振りあげるやまっすぐゲウォの脳天に振りおろした。ガツンという音が響いた。

まわりを取り囲んでいた男たちも何が起きたかわからぬうちに、ゲウォは屍よろしく地面にどうと倒れた。ここにいたってようやく気づいた男たちが、あるものは耳もとで呼びかけ、あるものはゲウォの胸倉をつかんで揺すぶった。世知に長けたひとりの男が指先で人中穴を思い切り圧したところ、溺れかけた人のようにあえぎながら息をし始めた。大騒動のまっただ中、公安二人が麝香鹿さながらに飛び込んでくると、両脇からアネ・レウォをひっとらえ、有無を言わさずどこぞへと連行していった。

こんな大騒動が起きては、チャムモ村の年寄り連も日向ぼっこをしているどころではない。ひとりの老人が八又の老木にかけられた銅鑼を激しく打ち鳴らすと、わんわんという音がチャムモ村のすみずみにまで響き渡った。老人たちは総会をもよおすために、村長宅に集った。上座の先頭にいるアク・チタルがあちこち見渡すと、ひとり欠席の者がいる。ほかならぬアク・ドゥクダンであった。年寄りたちの口ぶりからすると、勘弁してやる気は毛頭ないようだった。

「入院していた十五日間の罰金はまあ免除してやってもいい。だがそれ以外の日は一日につき罰金十五元だな。これについてはびた一文も負けられない」中には「罰金を課しても意味はない。村から追放しよう」とか、「罰金が出せないなら、代わりにおいぼれ角なし黒ヤクを出すのでもいいぞ」と言い出すものもいた。

三日後、アネ・レウォは公安の建物の外に姿を現した。目には親指の先ほどの目くそがついていたが、その怒りは一向に静まってなかった。公安の役人たちはてんやわんやの状態となっていたため、アネ・レウォの身元を調べようにも調べがつかず、三日の間彼女の正体がつかめぬままだったのだ。その後チャムモ村から若者がひとり呼びだされ、ようやく彼女の正体が判明した。彼女が下村の女自警団員でもなんでもなく、チャムモ村のアク・ドゥクダンの妻にして指揮官ゲウォの母親アネ・レウォであることが判明すると、公安も「どうも申し訳ありませんでした」と詫びを入れて釈放するしかなかった。

おや、アク・ドゥクダンときたらまだ寝込んだままではないか。これはひょっとしてもう死んでいるのか？　いやいやそんなことはない。チャムモ村の一人の老人相手に何ごとか言い争っている最中であった。

「公安で禁固刑に課せられるってのが、どんなものか俺にはわかっている。あんたはそんな目に遭ったことがないだろう。たかだか十五日が十五年にも感じられたよ。角なし黒ヤクなら喜んで差し出してやるよ。ほしけりゃ角なし顔白ヤクも持っていくがいい。だから今後、このドゥクダンを草地争いの話し合いの場に呼ばんでくれ」これがアク・ドゥクダンの言い分だった。

相手の老人はもともと草地争いの話し合いの場にアク・ドゥクダンが姿を見せないため罰金を取り立てに来たにすぎなかったが、アク・ドゥクダンが財布をひっくりかえしてみても、病院の入院証明書が何枚かあっただけで、金は一銭もなかったため、老いぼれの角なし黒ヤクを放出するしかなかった。だがアク・ドゥクダンにしてみれば、この争いに巻き込まれるのを怖れて、話し合いの場に顔を出すどころでなかった。この前公安の臭い飯を食わされただけでも十分だ。村のやつらになんぞにはわかるまい。麝香鹿二頭を捕っただけであれほどの厳罰を被る羽目になった。だが生まれてこのかた、いったい何頭の麝香鹿を捕ってきたのやら。自分でも数えきれないほどだ。もしこれが公安に知られたらどんな報いをうけるか知れたものでない。そんなわけでアク・ドゥクダンは寝床にもぐりこみ、そのままやりすごす心づもりであったし、それしかなすすべはなかったのである。

夜の闇も迫りつつあった。アネ・レウォは中庭の真ん中に立ち尽くしていた。アク・ドゥクダンの話を盗み聞きしたアネ・レウォはまさに怒り心頭であった。まずは角なし黒ヤクを召し上げられ、下手すると角なし顔白ヤクも持っていかれるかもしれない。あれこれ責めたいところはあるが、つまるところ責めを負うべきは村長なのは確かだ。もし村長宅で村会議など行われなければ、こんな酷い罰金を課せられることもなかった。草地争いが起きるたびにヤク一頭を罰金として召し上げられるのでは、そのうちチャムモ村はヤクだらけになってしまうことだろう。こんな目に遭わせておいて、あたしのような小心者にこの先どうやって生きていけと言うのかね。アネ・レウォは箒の先に火をつけると、村長の家に火を放つべく走り出した。火のついた箒は人工衛星のように見えることもあるのだけれど、この時ばかりは紺碧の空を流れる流星のようであった。

四、チャムモ村の夜の情景

チャムモ峠から見下ろすと、なんとチャムモ村の中心に火の手が上がっているではないか。燃え上がる炎のせいで夜の暗闇の中にチャムモ村がくっきりと浮かび上がって見える。おや、あれはまさしく村長宅だ。アネ・レウォは村長宅を紅蓮の炎につつまれた灼熱地獄に変えてやるつもりだったのだが、諸般の事情から結局火をつけることができたのは脱穀場の干し草と、戸口に積まれた薪だけであった。夜の情景に浮かび上がったチャムモ村の美しさときたらえもいえぬほどで、帝釈天の善見城もかくやあらんであった。燃えさかる大火のまわりで、人の絶叫や子供の泣き声、犬の遠吠え、ロバのいななき、馬の喚き、山羊や羊のべーべーという声、ヤクの鳴き声が混然一体となってチャムモ村全体を揺るがしていた。それにもまして耳朶を打ったのが、八又の木の銅鑼を激しく打ち鳴らす音であった。僕は生まれてこのかたあんな激しい銅鑼の音を聞いたことがない。屈強な男二人がそれぞれ鉄の棒をもって、銅鑼の両面から打ち鳴らしていたのである。銅鑼の響きは八又の木のまわりからチャムモ村の前後を囲む岩壁に吸い込まれたかと思うと、こだまとなってチャムモの赤谷に戻って来た。かくしてチャムモの全域が銅鑼の荒々しい乱打音に満たされ、燃え上がる火の手の傍からあがる悲鳴や泣き声、うめき声や絶叫、動物の咆哮すら束の間かき消されるほどであった。

村人のなかには、けたたましい銅鑼の音に訝るものもいたが、行者たちは前からこんなことが起きるに違いないと予測していたため、チャムモ村の年寄りたちはこぞってマニ堂に詰めかけて来ていた。

総じて他の寄り合いなら村長が議長を務めることになるが、その夜の寄り合いは行者たちが仕切ることとなった。お下げの先に赤い紐を編み込んだ老行者が「この一大事、どのように収拾をつければよいのやら。いかなる手を打てばよいのやら。ここはひとつ皆々様のご意見を伺いたい」と朗々とケサル王の英雄叙事詩でも唱えるかのように話を切り出した。あるものは「神降ろしに頼むのがよかろう」と主張し、またあるものは「数珠占いがよい」、またあるものは「暦学占いでこそ道はひらける」とそれぞれ主張したため、カササギの巣に石を投げこんだかのような騒ぎとなった。ヤクの二本の角よろしく一向に意見がひとつにまとまらなかったため、老行者としても「三つとも申し分ない手段である」と宣言するしかなかった。

手始めにチャムモ村のマニ堂に木の小さな玉座をしつらえ、座布団を敷いて神降ろしがそのための特別の衣装をまとって坐ることとなった。行者の弟子二人がその前でビャクシンを焚き、もうひとりの行者がアマ・チャムモ女神への祈願文を節回しをつけて唱える。しばらくして神降ろしの喉から異様な声が漏れだした。頭をでんでん太鼓のように打ち振ると、帽子の房についた小さな鈴がリンリンと響く。さらに武術に長けたつわもののように大仰に飛び跳ね始めたので、神が降りてきたのは明らかであった。

「慈悲ぶかき女神様、村長宅の脱穀場の干し草と戸口の薪が燃えたのは、なにかの悪い予兆なのでしょうか?」と老行者が尋ねた。

「慈悲ぶかき女神様、これほどアネ・レウォに腹が立ったことはありません」とビャクシンを焚いている行者の弟子が申し述べた。

「慈悲ぶかき女神様、アク・ドゥクダンがわざわざ西寧に行ったのは……」と他の村人も口をひらいた。

「慈悲ぶかき女神様、そもそもこの村はいったい……」村人たちが口をそろえて尋ねた。

ちょうど同じ頃、アク・チタルの仏間には、ウールの絨毯の上に小ぶりの経机が設置されていた。経机の上には占い道具が置かれている。数珠占い師はその傍にしゃがみこみ、いろいろの長さの六本の紐の先端をよりあわせて結び目を四つ作り、片端だけが結び目になっている四本を手に取って、どのような形になっているか、首を伸ばして幾度も検分した。次に手首に巻きつけていた数珠をとって、両手で揉み、目をつぶって、絡んだ数珠を無作為にひらき、両端から偶数ずつ玉を真ん中へとたぐっていく。最後に残った数珠の玉の数を幾度も検めたのちに、深く何度も頷いてみせた様子を見るに、チャムモ村の干し草放火事件の原因は解明されたようであった。

そしてまたゲウォ家でも暦学占い師が先ほどより九官八卦の占い図を置いて占ってみており、その結果に勝利の笑みをもらしているところであった。神降ろし、数珠占い、暦学占いの結論を突き合せてみたところまさにぴったり、あたかもばらばらになってしまった馬車の部品を突き合せてみたらすっかり元通りにできたかのようだった。チャムモ村の村人たちは大いに納得して何度もうなずき、お下げの先端に赤い紐を編み込んだ行者のご託宣を待った。

「村長の干し草を燃やしたのは一脚鬼カントである」この発言で村人たちの恐怖は晴れていった。

「アク・ドゥクダンを西寧に連れ出したのは一脚鬼カントである」村人たちはこぞってアク・ドゥクダンの顔を見つめた。

「ゲウォの指図は一脚鬼カントの指図である」ゲウォの顔がみるみるうちに真っ赤に染まって

いった。

「レウォには一脚鬼カントが取り憑いておる」アネ・レウォが金切り声を上げた。

「もともと一脚鬼カントは村長のあとにくっついてこの村にやってきたのだ」と重々しく宣言すると、村人はカササギの巣に石でも投げこんだかのように騒然となった。

「そういえば、村長ときたら人民代表会議に出席してからというもの、前と同じ人物と思えないほど変わっちまった。そうじゃないか？」アク・チタルがそばにいる老人に言った。

するとその老人もその話を受けて「まったくそうだ。麝香一つが二千元で売れるなんぞという、魔物に取り憑かれたような欲の突っ張った話をもちださなければ、アク・ドゥクダンだって西寧くんだりまで行くことはなかった」と言いながら、傍らの老人を見つめた。

「アク・ドゥクダンが西寧に行かなければ、あんな大損を被ることもなかったし、頭に袋をかぶせられる羽目にもならなかった」とその老人。

「まったくその通りだ。アク・ドゥクダンがあれほど大損を被ることがなければ、アネ・レウォだってあれほど激昂することもなかった。まったく一脚鬼の奴ときたら……」別の村人も口を開いた。

「そうすれば、村長の脱穀場が燃やされることもなかった」

「ゲウォが脳天に一発くらわされることもなかった」と村人たちが唱和した。

「……」
それから何日過ぎたかは定かでなかったが、神降ろし、数珠占い師、暦学占い師三名のご託宣は今やチャムモ村の隅々にまで知れ渡り、それに対して打ち出された三つの対策で村全体が震撼していた。行者たちは七日間昼夜問わずぶっとおしで、銅鑼やでんでん太鼓を途切れることなく打ち鳴らし、一脚鬼カントのお祓いの儀式をとりおこなった（今や、一脚鬼の話は広く伝わってしまったので、力づくで折伏《しゃくぶく》することはかなわず、穏便に別の村に引っ越してもらうしかなかった）。長老たちは、火よりも苛烈な村の法令をつくり、新たに任命された自警団の指揮官のもと、村の矜持にかけて、下村への警戒も最大限に高めていた。

一週間がすぎ、マニ堂のでんでん太鼓の音も徐々に静まっていったところで、長老たちが課した村の新たな法令も公開されることとなった。

あらたに定められた村の法令をかいつまんで述べるとこうなる。

一、チャムモ村に一脚鬼カントを呼び寄せずにすむよう、村人は草地争いの協議の時以外、チャムモ峠より先に行ってはならない。

二、第九期人民代表会議やら第二十期人民代表会議やらがチャムモ村と県都を結ぶ公路建設についていくら決議しようが、チャムモ村にはアマ・チャムモ女神の秘道を守護しなければならないというおきてがある。そのためなら屍の山を積みあげることになろうと、身を挺して抵抗する。
三、今後誰であれ、アク・ドゥクダンの脳みそを沸騰させるようなことをやらかしたなら、速やかに行者の前におもむいて、お祓いをしてもらうべきである。
チャムモ村の老若男女の目の錯覚でなければ、今日、チャムモ峠には一本足で立ちつくす一脚鬼の黒い影があったという。なんでも手で口をおさえ、尻を右に左に振り、くつくつ笑っていたとか。
また別の噂によると、一本足で立ちつくした一脚鬼カントは、バル・マンラ砂漠の方をじっと眺めていたという。いずれにせよ、一脚鬼がチャムモ村から立ち去ったことだけは確かなようだ。見るがいい、村長宅の塀のそばに年寄り連が集まり、すっかり安心してお化け話に耳を傾けているではないか。アク・ドゥクダンときたらさらに滑舌よく、身振り手振りも大仰に語り続けているではないか。

（三浦順子　訳）

III 現実と非現実のあいだ 解説

現実を生きるということは、数々の困難に打ちのめされながら何とか対処して生きていくことである。チベット人の場合は日々神仏に祈ることで救いを求めている。しかし神仏に祈るだけでは太刀打ちできないときもある。理解を超えた複雑かつ不可思議な出来事に対しては、たくましいまでの想像力を働かせ、あまたの魔物の姿を思い描くことで解決策を探ってきた。それは見えないものを見る技術と言ってもよいかもしれない。

この章では、文化大革命を経て、改革開放の時代が訪れた一九八〇年代以降に、チベットのあらゆるところに入り込んできた市場経済とそれに伴う社会の急速な変化によってもたらされた負の側面を扱った作品を集めた。魔物や動物の視点を借りることによって、現実社会で起きている問題を別の角度から見るということは長い伝統の中で蓄積してきた知恵でもあるのだ。

◆……神降ろしは悪魔憑き（ツェラン・トンドゥプ）

村の神降ろしのおじいさんが「悪魔憑き」というあだ名で呼ばれていることが気になってたまらない少年が、その由来を訊き出すという話である。神降ろしとは、神を自らの肉体に宿らせて託宣を述べる職能者であり、チベットにも多く存在する。ところがこの人物は神降ろしとは名ばかりで、自作自演で荒稼ぎをしていたことが暴かれてしまう。普通に考えると村八分にされてもおかしくない状況であるが、村人たちは悪魔に取り憑かれていたせいだと解釈し、納得して受け入れる。本人は神降ろしでありながら、不名誉な「悪魔憑き」というあだ名で一生からかわれることになるが、その村で自分の役割を果たしながら生きていくことはできるのである。チベット人は辛辣なあだ名をつけて他人を「下げる」ことでも知られるが、そうすることで共同体の中で特定の誰かを突出させないようにバランスを取っているのかもしれない。

最後の段落の少年の感想は、伝統社会の因習的な物の見方を批判する一九八〇年代のチベットの言論空間の雰囲気が現れている。チベット現代文学の初期の立て役者の一人トンドゥプジャが、偽物の化身ラマを描いた作品「化身」（『ここにも躍動する生きた心臓がある』（勉誠出版）所収）を髣髴とさせる作品である。

◆……子猫の足跡（レーコル）

子猫のまなざしを通して人間の世界を描いた作品である。チベットでも猫は人間にとって身近な動物だが、穀物を食い荒らすねずみを獲ってくれる番人のような存在であると同時に、人間の言葉を解し、人間界と動物界の間に棲息する動物と考えられている。

猫の生態をよく写したほほ笑ましい描写の続く本作品は、現代のチベットの若者が抱える問題を反映させた寓話としても読める。子猫は、生まれ育った家で楽しく暮らしていたが、ある日選ばれて新しい家で暮らすようになる。外の世界を見て楽しい思いもするが、辛いことも多い。果ては雪に埋もれて（恐らくは）死んでしまう。このことは、チベットの若者が希望を抱いて故郷を出て進学先の都会に行き、そこで広い世界に触れて新しいものと出会うが、同時に自らのルーツが脅かされ、自己喪失の危機に陥る姿を想起させるものである。

「雪」で思い出すのはラシャムジャの長編小説『雪を待つ』（勉誠出版）である。ラシャムジャの「雪」は故郷の象徴であったが、本作品の「雪」はあたり一面を覆い尽くす威力をもった巨大な存在として描かれている。原題「足跡、雪に消える」には作家の意図がより明確に現れている。

◆……ごみ（ツェワン・ナムジャ）

ごみの山という都会のダークサイドを描いた作品である。主人公の青年は、ごみの山からまだ使えるものを拾い出しては商人に売るという仕事に誇りをもっている。ところがそんな青年の自信を揺るがしたのが、ごみの山に捨てられていた赤いおくるみに包まれた赤ん坊である。都会は人間をもごみとして捨てるのかと、戦慄を覚えながらも、その赤ん坊を抱えてラサの街へ出て、助けを求めて東奔西走するが、人を人とも思わない都会の人々の冷酷さを知るばかりだった。

ごみの山では青年は仲間相手に楽しげな冗談を飛ばしているが、ラサの街では誰ともまともな会話を交わすことができない。これと呼応するかのように、ごみの山では人間として生きていた赤ん坊が、街では物あるいはごみと化してしまう。謎めいたラストの読み方は読者に任されているが、前へ前へと進むことによって人間らしく生きることを捨てていく経済至上主義への批判として読むこともできるだろう。

◆……一脚鬼カント（ランダ）

ベテラン作家ランダによる、一九八〇年代頃のチベットの山村に起きた事件を題材とした作品である。一脚鬼とは、憑きものの一種で、テウランという名でも知られる。村落の中で特定の家だけが裕福になり、経済的な不均衡が生じた際などに、この鬼が憑いていると見なされる。山深い閉鎖的な山村では、そうした不均衡によって生じる村内のもやもやした負の感情を、憑きものという形で可視化し、伝統的な儀式をおこなってそれを追い出す策を講じることになる。この作品では、一脚鬼は村境の峠に佇んで虎視眈々と村の変化をうかがっており、外からやってきた何かに欲の皮をつっぱらせた者がいると、それを見逃さずに直ちに取り憑いてくる存在として描かれている。その存在は、外来のものに欲望を刺激されがちな人間の本性を体現しているとも言えよう。ちなみに本作品にはチベット暦と西暦という二つの異なる暦が出てくるが、前者は伝統社会の出来事に、後者は外の社会の出来事に対応している。

共同体の中で何か問題が起きたときに、魔物が憑いたためだと解釈し、個人の属性に帰さない。そしてそれを共同体全体の問題としてお祓いをしてリセットし、元の暮らしを取り戻すという伝統的な解決策は、一見非科学的にも見えるが、その方策を共有していた共同体においては確実な意味があったのだということを思い起こさせる。

なお、テウランについては『チベット文学と映画制作の現在　SERNYA』6号の特集「異界からの呼び声」で詳しく取り上げているので併せてお読みいただければ幸いである。

（星　泉）

おわりに

　チベットの幻想奇譚、お楽しみいただけましたでしょうか。不可解な出来事を不可解なままにしておけないのは人間の性《さが》です。いにしえより世界中の人々が神や魔物や怨霊を総動員して、不可解なものに対処してきました。そのやり方は地域によって千差万別です。チベットの人々も、他の文化圏からの影響を受けながらも、創意工夫に富んだあやかしの語りを生み育ててきたのです。

　ここで紹介するチベットの作家たちは、われわれと同時代を生きる現代人ですが、みな子供の頃に上の世代の語るあまたの物語に魅了された経験をもっており、伝統的に語り伝えられてきた世界観を共有しています。ですから、彼らの生み出した小説の中にも、不可解なものに対するチベット独特のアプローチが見え隠れしています。本書をここまでお読みになった読者なら、そのことにお気づきでしょう。

ただ、チベットになじみのない方には、少しとっつきにくいところもあるかもしれません。作品の面白さを十分に味わっていただくために、作品集を三つのパートに分けて、それぞれのパートの末尾に解説を付しました。作品の背景となる情報や関連する風俗習慣などにも触れていますので、ぜひ作品とあわせてお読みいただいて、作品をさらに深く楽しんでいただければ幸いです。

本書は、一九六〇年代生まれから九〇年代生まれまでの、今まさにチベット文学界で活躍している十人の作家による短編小説を集めた日本オリジナル・アンソロジーです。本書を編むきっかけは、訳者らが編集している『チベット文学と映画制作の現在SERNYA』6号（二〇一九年三月刊行）で「異界からの呼び声」という巻頭特集を組んだことでした。特集の編集を通じてチベットの人々にとって魔物や妖怪がいかに身近なものであるかを確信した訳者一同は、魔物や妖怪の登場する小説探しを始めました。

ところが意外にも怪奇・幻想ものの作品集は見つからず、小説探しは難航しました。近世から怪談を娯楽の対象としてきた歴史があり、妖怪のキャラクター化の進んだ日本とは異なり、普段から魔物をよりリアルに恐ろしい存在として意識しているチベットでは、怪奇ものといったジャンル自体成立しえないのかもしれません。そんなことを思いつつ、文芸誌や作品集を繰っていると、人々の現実社会に対する不安やそれに端を発する狂気に独特のまなざしを向けた作品も目に入るようになりました。それらは決してわれわれから縁遠いものではなく、ある種普遍性をもった物語であるように感じられました。そこで少し枠を広げ、「幻想奇譚」というキーワードでアンソロジーを編むことにしたというわけです。本書に収録された多様な作品をきっかけに、チベットの歴史や文化、そして彼らがくぐり抜けてきた激動の現代史に思いをはせていただければ幸いです。

作品を快く提供してくださり、不明な点についての相談に乗ってくださった十人の作家のみなさんに心から感謝を申し上げます。漫画家の蔵西さんはすべてを包み込むような美しい装画を提供くださいました。ここに記して感謝申し上げます。

また、本書の企画を持ちかけてくださり、訳者らの試行錯誤に辛抱強くおつきあいくださった編集者の堀郁夫さんにも、厚く御礼申し上げます。

二〇二二年三月

星泉

初出一覧

「人殺し」　杀手
初出『西蔵文学』（二〇〇六）

「カタカタカタ」　ཅལ།
初出『ダンチャル』（一九八九）、使用テキスト『ツェラン・トンドゥプ短編集』（青海民族出版社、一九九六）所収のもの

「三代の夢」　མི་རབས་གསུམ་གྱི་རྨི་ལམ།
初出『カンギェン・メト』（一九八九）、使用テキスト『三代の夢』（青海民族出版社、二〇〇九）所収のもの

「赤髪の怨霊」　གདོན་འདྲེ་སྐྲ་དམར།
初出『カンギェン・メト』（一九九〇）、使用テキスト『一日のまぼろし』（青海民族出版社、二〇一四）所収のもの

「屍鬼物語・銃」　རོ་སྒྲུང་།・མེ་མདའ།
初出不明、使用テキスト『誘惑』（青海民族出版社、二〇〇九）所収のもの

「閻魔への訴え」　རྣམ་ཤེས་ཀྱི་ཞུ་གཏུགས།

初出不明、使用テキスト『石と生命』（甘粛民俗出版社、二〇一一）所収のもの

「犬になった男」　ཁྱི་ལུས་ལ་ཞུགས་པའི་རྣམ་ཤེས།

初出不明、使用テキスト『石と生命』（甘粛民俗出版社、二〇一一）所収のもの

「羊のひとりごと」　ཚེ་ཐར་གྱི་རང་གཏམ།

初出『カンギェン・メト』（一九九二）、使用テキスト『雪山の麓の物語』（青海民族出版社、一九九九）所収のもの

「一九八六年の雨合羽」　1986ལོའི་ཆར་ལྭ།

チベット語版初出『ダンチャル』（二〇一三）、漢語版初出『民族文学』（二〇一五）、邦訳『飛ぶ教室』60号（光村図書、二〇二〇）

「神降ろしは悪魔憑き」　ལྷ་བ་འདྲེ་སྣོན།

初出『チベット文芸』（一九八四）

「子猫の足跡」　རྐང་རྗེས། ཁ་བ་ན་བོར།

初出『灯明チベット文芸ネット』（二〇一六）

「ごみ」　གད་སྙིགས།

初出『ダンチャル』（二〇一六）、邦訳『たべるのがおそい』vol. 5（書肆侃侃房、二〇一八）

「一脚鬼カント」　འདྲེ་རྐང་ཧྲོ།

初出『ダンチャル』（一九九六）、使用テキスト『雪山の麓の物語』（青海民族出版社、一九九九）所収のもの

【編訳者略歴】

星　泉（ほし・いずみ）
東京外国語大学アジア・アフリカ言語文化研究所教授。専門はチベット語、チベット文学。主な訳書にラシャムジャ『路上の陽光』（書肆侃侃房、2022年）、『雪を待つ』（勉誠出版、2015年）、ツェワン・イシェ・ペンバ『白い鶴よ、翼を貸しておくれ』（書肆侃侃房、2020年）などがある。

三浦順子（みうら・じゅんこ）
チベット関連の翻訳家。主な訳書にリンチェン・ドルマ・タリン『チベットの娘』（中央公論新社、2003年）、ダライ・ラマ14世テンジン・ギャツォ『ダライ・ラマ　宗教を語る』（春秋社、2011年）、『ダライ・ラマ　宗教を超えて』（サンガ、2012年）などがある。

海老原志穂（えびはら・しほ）
日本学術振興会特別研究員（RPD）。専門はチベット語の方言研究、チベット現代文学。著書に『アムド・チベット語文法』（ひつじ書房、2019年）、共訳書にタクブンジャ『ハバ犬を育てる話』（東京外国語大学出版会、2015年）などがある。

チベット幻想奇譚《げんそうきたん》

2022年　4月25日　初版第1刷　発行

編訳者　星泉・三浦順子・海老原志穂

発行者　伊藤良則

発行所　株式会社 春陽堂書店
〒103-0027
東京都中央区銀座3-10-9 KEC銀座ビル
電話　03-6264-0855

DTP　森貝聡恵（アトリエ晴山舎）

印刷・製本　株式会社シナノパブリッシングプレス

ISBN978-4-394-19027-1　C0097